常識では読めない漢字

近代文学の原文を味わう

今野真二
Konno Shinji

すばる舎

吾輩は難語《にゃんご》[猫]である。キマリ《(読み方の)》[名前]はまだ無い。

《まえがき》　漢字表記で味わう〝明治の雰囲気〟

漱石《そうせき》や鷗外《おうがい》の文学作品を初めとする**よく知られた文学作品**、**それほど知られていない文学作品**、さらには**新聞など**も含めて、**「明治期の文献」にみられる漢字表記された語**を抜き出した。「これが読めますか」というつくりにはなっているが、単なるクイズというわけではない。

このようなクイズ本はこれまでにも数多く出版されてきているが、**原文をきちんと示しているもの**はほとんどない。

稿者は過去の日本語について分析してきた。**日本語の歴史を描き出すこと**がその分析の最終目標であるといってもよいかもしれない。そうすると、いつの時期の日本語のことかわからない場合は、それについていわば何も考えることができない。

本書では、いつの時期の日本語の中で、話題としている書き方が行なわれたのかについてきちんと示すことをまずこころがけた。「きちんと」はできるかぎり、漢字字体、仮名遣いを保存して、ということである。漢字字体は、常用漢字表に掲げられている字体とあまり差がないと稿者が認めた場合は、いたずらに原文の漢字字体を再現することはせずに、常用漢字表の漢字字体に「**包摂**《ほうせつ》」した。つまり、**微少な字体差は問題にしなかった**ということである。

しかしそれでも、基本的には**原文の漢字字体を再現**している。問題となっている漢字だけでなく、問題文（設問頁・下段の原文）全体を味わってもらえれば、明治の雰囲気がいささかなりとも伝わることと思う。

問題を抜き出した文学作品や文献の簡単な解説も添えた。文学史の本ではないので、ひろくいろいろなトピックをそこに盛り込んだ。これも明治の雰囲気を味わってほしいという気持ちからに他ならない。やむをえず複製を使用したもの（第四部 第二十四節『不如帰』など）もあるが、ほとんどは稿者が所持するものを使った。ところどころに、そうした文献の表紙や口絵、挿絵などを組み入れた。

今回採りあげた文学作品の中には、かつて（昭和五十年代）高等学校の教科書に採りあげられていた作品も多く含まれている。

よく知られた作品を採りあげてみたかったからである。

教科書などに採りあげられる作品は〝切り取られて〟現代という時代の枠組みに〝はめこまれて〟いるような感じを受けることがある。それは漢字字体を常用漢字表の字体にし、仮名遣いを現代仮名遣いにしているから、ということだけではないと思う。

先には「明治の雰囲気」という表現を使った。「雰囲気」はまことに科学的ではない表現ではあるが、しかしそういう「もの」は必ずあると考えるし、それが大事な場合もあると考える。

この本は**明治という時代**にふれてほしいという稿者、編集者の願いのもとに作られている。

稿者識

『常識では読めない漢字』　もくじ

【第二部】

鷗外作品の漢字表記を味わう

森軍医殿、その漢字の読み、味わい深くて眩暈がします。

【第五部】
明治後期の漢字表記を味わう
上田敏、二葉亭四迷、花袋、荷風など、時代と共に収斂していく難読漢字たち。

【第六部】

白秋作品の漢字表記を味わう

近代詩に新風を送り込んだ巨匠の、異国情緒あふれる難読漢字の数々。

《味わう前の食前酒《アペリティフ》の章》 明治期の漢字表記

【日本語の表記、その歴史的概観】

明治期の日本語の総体は、固有の日本語である「**和語**」と、もともとは中国語であった「**漢語**」と、中国語以外の外国語から借用した「**外来語**」とで成り立っていた。そうした日本語を書くための文字としては、**仮名**(平仮名・片仮名)と**漢字**とがあった。

ラテン文字、所謂《いわゆる》**アルファベット**で日本語を書くということがないわけではなかった。現に石川啄木(一八八六〜一九一二)は『ローマ字日記』をつけていたし、北原白秋の『思ひ出』にはローマ字版の『OMOHIDE』(大正七年七月二十三日　阿蘭陀書房刊)がある。「OMOHIDE」という書き方でわかるように、この綴《つづ》り方は所謂へボン式でもなければ、日本式でもない。ちなみに「北原白秋」は「KITAHARAHAKSIW」と綴られている。

そのように、明治期には日本語をラテン文字で綴るということも、わりあいと行なわれていたといえるが、しかしまた日常の言語生活において行なわれていたとはいえないのであって、今ここではラテン文字のことは考えにいれないことにする。

仮名は日本語を書くための文字としてうまれてきたので、仮名を使えば、どのような日本語でも書くことができる。

しかし、仮名が発生したと思われている十世紀から今日に至るまで、漢字は放棄されることなく使われ続けてきた。それを「民族の選択」というか、あるいは「日本語の選択」というか、いずれがふさわしいかはわからないが、とにかく漢字を使うということがずっと続いていることは確かなことといえる。

歴史は変化を綴ったものとして描き出されることが多いが、変わらないことも「歴史」といってよいのだとすれば、**日本語の歴史とは「漢字を使い続ける歴史」**であった。「漢字で（日本語を）書く」ということに何らかの価値が見出されていたといってもよいかもしれない。そのことを拙書『漢字からみた日本語の歴史』（二〇一三年七月、ちくまプリマー新書）では、**漢字は「フォーマルドレス」である**という表現を採った。漢字が「正装」であるという意識は明治期には確実にあったと考える。

【「音／訓／義」三つの書き方】

日本語を漢字によって書こうとした時に、**書き方**（の原理）**は三つ**ある。一つは**漢字の音を利用**して書く書き方。もう一つは**その時期までに漢字と結びついていた「訓《くん》」を使って書く**書き方。そしてもう一つは**書こうとしている語の語義と重なり合いがある漢語に使う漢字をあてる**書き方である。本書の解説も基本的にはこの三つのどれにあたるかということを示すことを心がけた。

本書が採りあげているようなことがらを話題にする場合、「なぜそう書いたか」という問いがたてられることが多い。「ヤタラ」という語をなぜ「**矢鱈**」と書いたのか。「バケツ」をなぜ「**馬尻**」と書いたのか。そうした「なぜ」は実は**書かれた結果からは判断することができない**。身も蓋《ふた》もない言い方になってしまうが、書き手に聞くしかない。

ある人が、数ある衣装の中から、今日《きょう》なぜそれを選んだのかは、着ている服からは判断できないことがほとんどであろう。時にそこまで踏み込んで解説を書いた場合もあるが、だいたいは「なぜ」ではなく、「どうしてそのように書けるのか」という側《がわ》からの説明を試みた。乏しいながらも、ここしばらく明治期の文献に接し、またその書き方を分析してきた稿者の「経験」を背景にして、できるだけ嘘偽《うそいつわ》りのないように書いたつもりである。

【書き方その❶　音を利用して書く】

イタリアのロンバルディア（Lombardia）に「**朗罷地**（ロンバルジ）」をあてる、トスカーナ（Toscana）に「**多加納**（トスケニー）」をあてるのは、**漢字の音を利用した書き方**ということができる。漢字の音といっても、中国を起点に考えれば、いつの時期のどの地域の中国語であるかによって「漢字の音」が異なるのだから、一筋縄《ひとすじなわ》ではいかない場合がある。

こうした漢字の使い方は、「ご本家」中国にすでにあった。シルクロードに沿って中国にもたらされた、ブドウはもともとギリシャ語「botrus（ボトルス）」。「ルス」を除いた部分を中国で音訳したのが「**葡萄**」。現代中国語で発音すると「葡萄」は「プータオ」。「葡萄」という漢字のみをみていると、漢語にみえるが、実際はそうではなかった。

現在「グローバル」という表現がよく使われる。「グローバル」といえば、アメリカに代表される英語圏を向くことのように単線的に述べられ勝ちなように感じるが、**アジア地域の中で日本がどのように足跡を刻んできたか**ということだって、立派な「グローバル」ではないかと思うのですが、どうでしょうか。

さて、漢字の音を利用して書くという書き方はご存知の方も多いと思いますが、『万葉集』が成立した頃、すなわち八世紀頃にはすでにあった書き方です。

「ホトトギス（杜鵑・時鳥・子規・不如帰などの書き方がある）」を「保等登藝須」と書く、「ウグイス（鶯）」を「宇具比須」と書く、「シグレ（時雨）」を「四具礼」と書く、いずれもこの書き方です。女性名「ハルコ」「ナツコ」「アキコ」を「波留子」「奈津子」「亜紀子」と書けば「子」を除いた部分は漢字の音を使った書き方をしたことになります。

つまり現代もこの漢字の「音を利用して書く」という書き方は「いきている」ことになります。

もう一つおもしろいのは、「ハルコ」を「破屡子」（屡の音読みは「ル」。「しばしば」の意）とは書かないだろうということです。どういうことかといえば、「音を利用して書く」場合であっても、その漢字の**字義は**（なんとなくにしても）**意識されている**ということです。**漢字の向こう側には**（だいたいにおいて）**漢字字義がみえている。**それが**漢字を使う**ということです。

【書き方その❷　訓を利用して書く】

常用漢字表は「音・訓」をかなり絞っています。したがって、常用漢字表の中には訓が認められていない漢字も少なくありません。しかし、漢字を使うということは結局は**漢字**

を使って日本語を書くということなので、その経験の蓄積の中で、漢字と日本語との間に結びつきが形成されていくのは自然なことです。というより、**結びつきの形成こそが漢字使用の歴史である**といってもよいかもしれません。

訓はその漢字と結びついた日本語とみてもよいので、ずっと漢字を使っていけば、漢字はたくさんの訓をもつことになります。

平安時代にできた『類聚名義抄《るいじゅうみょうぎしょう》』という漢和辞典をみると、漢字にたくさんの訓があることがわかります。この辞書で漢字「颪」をみると、「カゼ」「フク」「ホノカナリ」「チル」「ツタフ」「ノリ」など、二十以上の訓を見出すことができる。これは少し極端な例かもしれないが、漢字と結びついている日本語、すなわち「訓」を媒介《ばいかい》にして漢語を理解するということは明治期までずっと行なわれてきたといえる。

「フルマイ」を「振舞」と書く、「ハカリゴト」を漢字一字で「謀」あるいは「策」と書く、漢字二字で「計事」と書くのはいずれも訓を利用した書き方といえよう。

【書き方その❸　漢語に使う漢字をあてる】

「アラナミ」を「荒波」と書けば、「訓を利用した書き方」であるが、「アラナミ」に漢字

「怒濤」をあてた場合、これは漢語「ドトウ」に使う漢字をあてたことになる。

いうまでもないが、こうした書き方ができるのは、「アラナミ」の語義と漢語「ドトウ」の語義とに**重なり合い**があるからである。

今は漢字二字で書く漢語を例としたが、漢字一字でも原理は変わらない。「ヤマ」という日本語を「山」という漢字で書くのは、「山」字字義、すなわち漢語「サン」の語義が日本語「ヤマ」の語義と重なっているからである。

結局、漢字字義がわかっていなければ、漢字を自由自在に使うことはできない。

現在から例えば明治期をみると、漢字を自由自在に操っているようにみえる。

それは、**漢字字義がよくみえていたから**と考えることができる。現在はどうみても、明治期ほどには漢字字義がみえているようには考えにくい。現代刊行されている国語辞書をみても、「シイル」（強いる）という語を「強制する」と説明したり、「ジキ」（ジカ=直）という語を「直接」と説明したり、「シメリ」（湿り）という語を「湿気」と説明したりしている。

これらのことからすれば、**和語を漢語によって理解する**ということもありそうで、「漢語に使う漢字をあてる」というと、もっぱら「書き方」のみのことと感じやすいが、実際には、そうした書き方を可能にしていたのは、**漢語と和語とのつよい結びつき**であったと考える。

ここまでごく簡略に明治期の漢字表記について述べてきた。さまざまな文献、文学作品を実際にみて、そうしたことを実感していただければと思う。

◆編集部より読者の皆さまへ

《引用原文の振仮名に関して》

- 原文に振仮名が施されている場合は、そのまま掲出しました。
- 原文に振仮名が施されていない場合は、読者の便宜をはかるため、現代仮名遣いで必要と思われる箇所に振仮名を施しました。その場合「（ふりがな）」のように丸括弧を該当部分の前後に付しています。

《本書の構成および設問ページについて》

- 載録した作品数は、新聞二紙を含め三十一です（例えば「第一部」は夏目漱石の代表的な九作品を載録）。
- 各設問は、五問（五語）で一つのユニットを構成しています。ユニットは全部で四〇あり、全二〇〇問あります。
- 各設問の上部に付した★印は、その語の読みの「難易度」を示したものです。★一つは「比較的やさしいもの」、★三つは「かなりの難問」という意図ですが、難易の感覚は個人差があります。絶対的なものではなく、一つの目安として参考にしてください。
- 各設問に※印で小さく「ヒント」を設けました。なお、本書で採り上げなかった文学作品や文献の中にも、明治やそれ以外の時代の雰囲気を感じさせる漢字表記が、それこそ星の数ほどもあります。本書をきっかけに、ぜひそうした〝ことばの宇宙〟に目を向け、その時代の雰囲気を味わってみてはいかがでしょうか。

第一部　漱石作品の漢字表記を味わう

漱石先生、その漢字の読み、
頓と見当がつかんぞなもし。

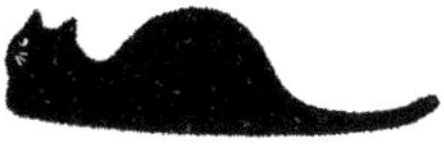

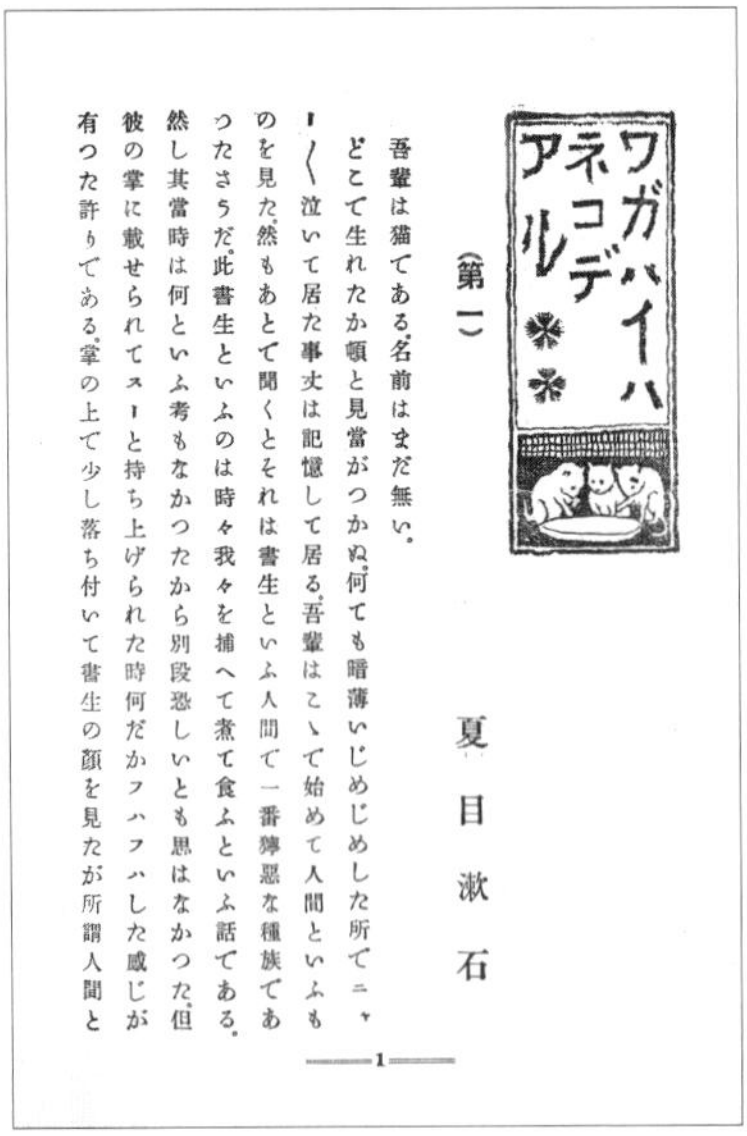

ワガハイハ
ネコデ
アル

（第一）

夏目漱石

吾輩は猫である。名前はまだ無い。

どこで生れたか頓と見當がつかぬ。何でも暗薄いじめじめした所でニャー〱泣いて居た事丈は記憶して居る。吾輩はこゝで始めて人間といふものを見た。然もあとで聞くとそれは書生といふ人間で一番獰惡な種族であつたさうだ。此書生といふのは時々我々を捕へて煮て食ふといふ話である。然し其當時は何といふ考もなかつたから別段恐しいとも思はなかつた。但彼の掌に載せられてスーと持ち上げられた時何だかフハフハした感じが有つた許りである。掌の上で少し落ち付いて書生の顔を見たが所謂人間と

—1—

右上は『吾輩ハ猫デアル』第四版の大扉。網目模様の向こう側に、猫が好む魚とネズミとがあしらわれている。題字および著者名は実際は朱色。周囲のデザインの黒のなかにあってよく目立つ。上は口絵の挿絵。古代エジプトのファラオを思わせる猫が、右手に筆、左手には帳面をもっている。背後にはやはり魚。右は本文一頁目。「ワガハイハ／ネコデ／アル」の三行の下に、三匹の子猫がミルク皿らしきものを仲良く囲んでいる。

第一節 『吾輩ハ猫デアル』（明治三十八年より連載開始）の難読漢字

扉コラム① 誰が押したのか、奥付の検印

明治三十八（一九〇五）年一月から同三十九年八月まで、雑誌『ホトトギス』に十回にわたって、断続的に連載された。単行本は「上篇」が明治三十八年十月、「中篇」が明治三十九年十一月、「下篇」が明治四十年五月に大倉書店と服部書店との協力によって刊行された。

装幀は橋口五葉《はしぐちごよう》（一八八一～一九二一）。装幀の画稿が鹿児島県歴史資料センター黎明館《れいめいかん》、鹿児島県立美術館に所蔵されている。

次頁の図版は稿者所持の第四版の奥付《おくづけ》。猫の両側にはタンポポが描かれ、上には綿毛が飛んでいる。

現在は検印は省略されることが多いが、この時期はまだ実際に検印

を押していたので、「不許複製」の右側に「夏目」の印が押されている。押した印の数が発行部数であることになる。家族やお弟子さんが押すことが多そうなので、この印を実際に夏目漱石が押した可能性は低い。

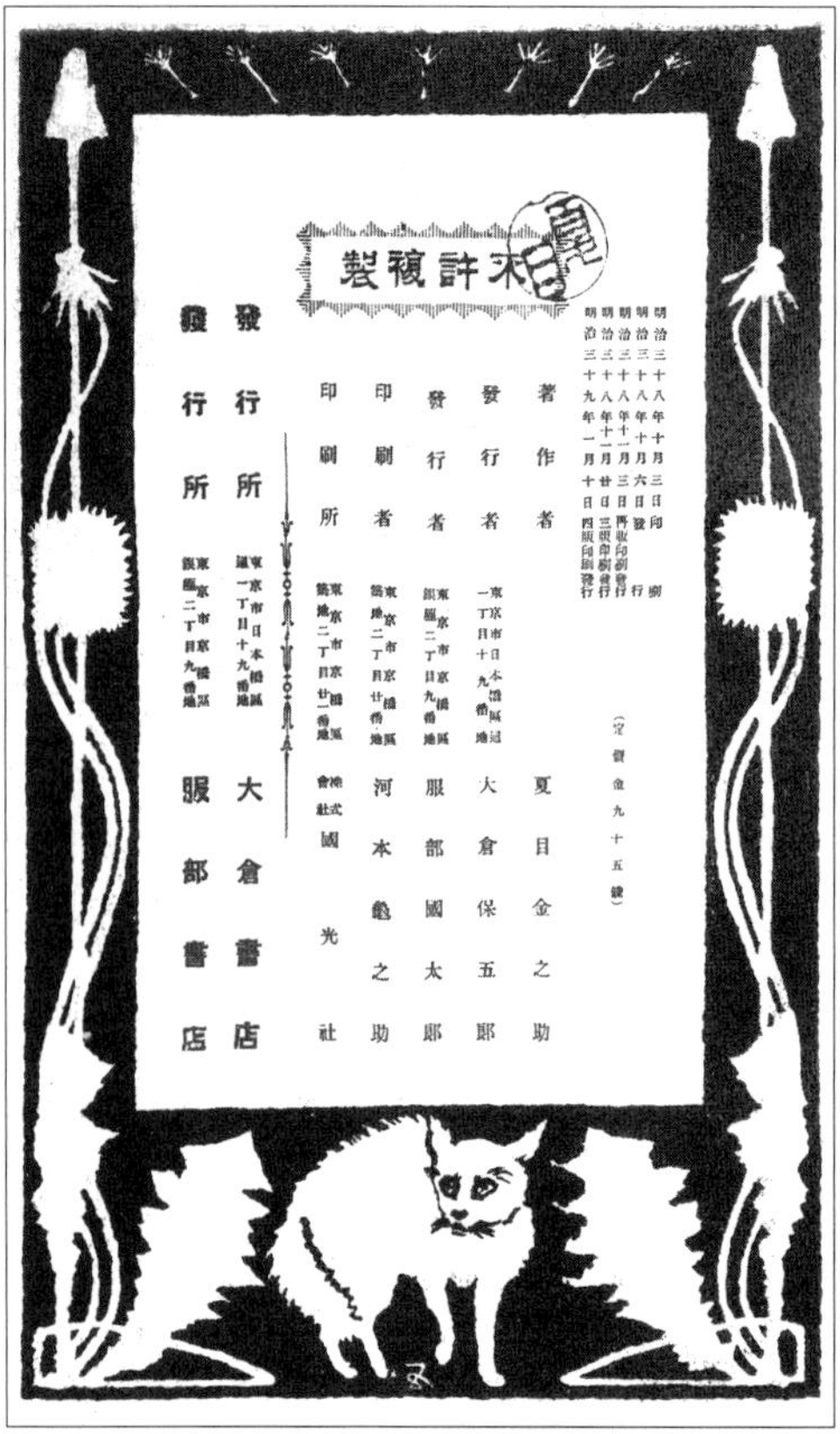
不許複製
夏目
明治三十八年十月三日印刷
明治三十八年十月六日發行
明治三十八年十一月三日再版印刷發行
明治三十八年十一月廿日三版印刷發行
明治三十九年一月十日四版印刷發行
（定價金九十五錢）
著作者　夏目金之助
發行者　東京市日本橋區通一丁目十九番地　大倉保五郎
發行者　東京市京橋區銀座二丁目九番地　服部國太郎
印刷者　東京市京橋區築地二丁目廿番地　河本龜之助
印刷所　東京市京橋區築地二丁目廿一番地　株式會社國光社
發行所　東京市日本橋區通一丁目十九番地　大倉書店
發行所　東京市京橋區銀座二丁目九番地　服部書店

『吾輩ハ猫デアル』第四版の奥付

問

★
① 頓と

※「整理整頓」が読めれば……

◉吾輩《わがはい》は猫《ねこ》である。名前《なまえ》はまだ無《な》い。どこで生《うま》れたか**頓と**《□□》見當《けんとう》がつかぬ。

★★
② 三馬

※猫が好むものといえば魚。素直に音読みで。旬は秋

◉此間《こないだ》おさんの**三馬**《□□□》を偸《ぬす》んで此返報《このへんぽう》をしてやつてから、やつと胸の痞《つかえ》が下りた。

★★
③ 波斯

※「ペ□□□」。むかし「イラン」をこう言いました

◉我輩は**波斯**《ペ□□□》産《さん》の猫の如《ごと》く黄を含める淡灰色《たんかいしょく》に漆《うるし》の如き斑《ふ》入りの皮膚を有して居《い》る。

★★★
④ 瀟洒

※この五問では最も難読。音読みなら「しょうしゃ」ですが、それ以外の読みで。「え？ さ□□り わからない？」

◉廣《ひろ》くはないが**瀟洒**《さ□□り》とした心持ち好《よ》く日の當《あた》る所だ。

★
⑤ 箆棒

※「棍棒」に似て「こんぼう」にあらず。江戸っ子の啖呵《たんか》「てやんでぇ」の後によく続きます

◉「**箆棒**《□□□□》め、うちなんかいくら大きくたつて腹の足しになるもんか。」

Q

答

① とん・と【頓と】 ◉吾輩ハ猫デアル【明治39年・第4版】 1頁

② さんま【三馬】 ◉同 4頁

③ ペルシヤ【波斯】（ペルシャ／ペルシア） ◉同 11頁

④ さつぱり【瀟洒】（さっぱり） ◉同 13頁

⑤ べらぼう【篦棒】 ◉同 16頁

A

◉《常用漢字・現代仮名遣い・振仮名》で味わう原文と解説

①**どこで生《う》まれたか頓《とん》と**見当《けんとう》**がつかぬ。**

「トント」は〈まったく〉という語義をもつ副詞。歴史的にみると、漢字があてられることは少なかったであろう（ここでは「トン」という音をもつ漢字「頓」をあてている）。

②**此間《こないだ》おさんの三馬《さんま》を偸《ぬす》んで**

魚名の「サンマ」に「三馬」とあてている。漱石の「当て字」といわれることがあるが、明治二十四（一八九一）年に刊行を終えた国語辞書『言海』（下図はその奥付）において「サンマ」に普通用の漢字として「小隼」「三馬」とが示されているので「漱石の」はあたらない（『言海』には「秋光魚」もある）。

③**我輩《わがはい》は波斯《ペルシャ》産《さん》の猫《ねこ》の如《ごと》く**

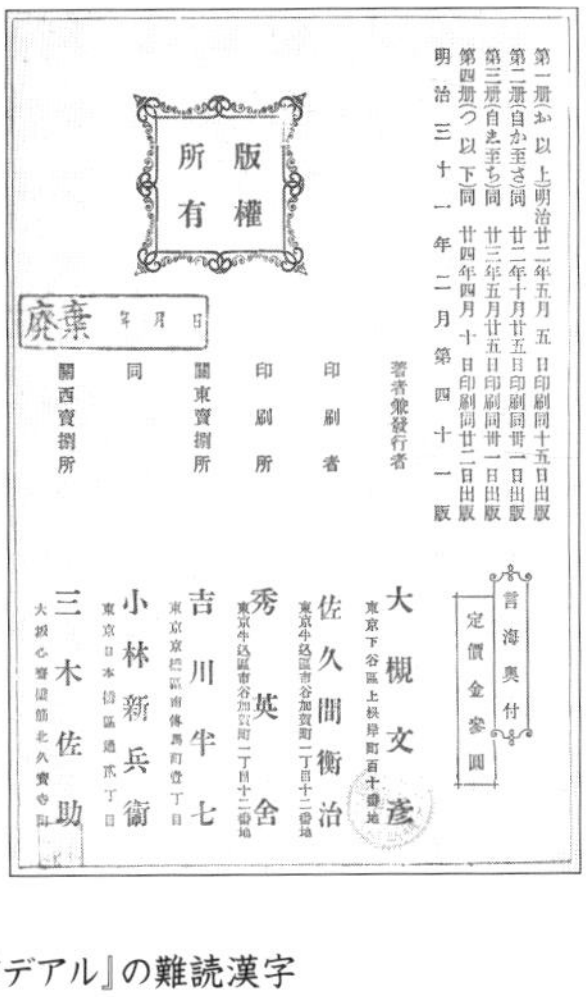
言海奥付
定價金參圓

第一冊(あ以上)明治廿二年五月五日印刷同十五日出版
第二冊(自か至さ)同 廿二年十月廿五日印刷同卅一日出版
第三冊(自し至ち)同 廿三年五月廿五日印刷同卅一日出版
第四冊(つ以下)同 廿四年四月十日印刷同廿二日出版
明治三十一年二月第四十一版

版權所有

廢棄 年 月 日

著者兼發行者 大槻文彦 東京下谷區上根岸町百十番地
印刷者 佐久間衡治 東京牛込區市谷加賀町一丁目十二番地
印刷所 秀英舎 東京牛込區市谷加賀町一丁目十二番地
關東賣捌所 吉川半七 東京京橋區南傳馬町壹丁目
同 小林新兵衛 東京日本橋區通弐丁目
關西賣捌所 三木佐助 大阪心齋橋筋北久寶寺町

稿者所持の『言海』の刊記（奥付）。「定價金參圓」「著者兼發行者　大槻文彦」とある。版権所有のロゴの下に廃棄印があるが、同書表紙見返しに、某小学校の図書館蔵書印が捺されてあることから考えると、使用後に廃棄され古書市場を経て稿者の手に渡ったと推察できる。つくづく「本は〝旅人〟である」と思う。

イランの旧称。梁《りょう》（五〇二〜五五七）の歴史を記した、中国の正史『梁書』（六二九年成立）には列伝第四十八の中に「波斯国」が採りあげられている。日本にもこうした中国の文献を通じて、比較的早い段階から「波斯国」についての情報や書き方が伝えられていたと思われる。『宇津保《うつほ》物語』（十世紀末頃成立）では、遣唐使となった「俊蔭《としかげ》」が難破して「波斯国」に流れ着く。この時期にはおそらく「ハシ」と音読していたと思われる。谷川士清《たにがわことすが》（一七〇九〜一七七六）の編んだ辞書『和訓栞《わくんのしおり》』には「はるしや波斯国也といへり波斯刺ともいふ百爾齊亞（ハルシア）とも婆羅遮ともみゆ」とある。

④

瀟洒《さっぱり》とした心持《こころも》ち好《よ》く日《ひ》の当《あた》る所《ところ》だ。

「サッパリ（ト）」という副詞に「ショウシャ（瀟洒）」という漢語に使う漢字をあてた例。『言海』には普通用の漢字が示されていないので、明治期においても漢字があてにくい語であったと思われる。

⑤

箆棒《べらぼう》め、うちなんかいくら大《おお》きくたって腹《はら》の足《た》しになるもんか。

「ベラボウ」に「ヘラ（箆）」「ボウ（棒）」に使う漢字をあてた。

★★★
⑥ 紀念

※難読。三文字です。「親の愛蔵品を兄弟で□□み分けする」

◉矢張《やは》り黒木綿《くろもめん》の紋付羽織《もんつきばおり》に、兄の**紀念**《□□み》とかいふ二十年來着古《きふ》るした結《ゆう》城紬《きつむぎ》の綿入《わたいれ》を着たまゝである。

★
⑦ 焦慮る

※「焦」の字に焦点をあてて……

◉沼へでも落ちた人が足を抜《ぬ》かうと**焦**《□》**慮**《□》**る**度《たび》にぶく〳〵《ぶく》深く沈む様《よう》に、噛《か》めば噛む程《ほど》口が重くなる、［…］

★★★
⑧ 驀地

※これも難読。五文字です。「ま□□□ら」

◉第三の眞理が**驀地**《ま□□□ら》に現前《げんぜん》する。

★
⑨ 生憎

※四文字。「お□□□□さま」

◉しばらくしてボイが出て來て眞《まこと》に御《お》**生憎**《□□□□》で、御誂《おあつらえ》ならこしらへますが少々時間がかゝります、と云《い》ふと迷《めい》亭《てい》先生は落ち付いたもので、［…］

★
⑩ 喋舌る

※「舌」に惑わされないで……

◉［…］一人で承知して一人で**喋舌る**《□□□》。

答

⑥ かたみ【紀念】 ◉吾輩ハ猫デアル【明治39年・第4版】34頁

⑦ あせ・る【焦慮る】 ◉同 47頁

⑧ まっしぐら【驀地】（まっしぐら／ましぐら） ◉同 49頁

⑨ あいにく【生憎】 ◉同 63頁

⑩ しゃべ・る【喋舌る】（しゃべ・る） ◉同 83頁

A

◉《常用漢字・現代仮名遣い・振仮名》で味わう原文と解説

⑥

兄《あに》の紀念《かたみ》とかいう二十年来《にじゅうねんらい》着古《きふる》した結城紬《ゆうきつむぎ》の綿入《わたいれ》を

現在では「カタミ」を「形見」と書くことが一般的であるが、この書き方は、室町時代ぐらいに成立した辞書『節用集《せつようしゅう》』に、すでにみられるので、使用の実績は長い。「記念」があてられることもあるが、ここでは「紀念」が使われている。

⑦

足《あし》を抜《ぬ》こうと焦慮《あせ》る度《たび》に

常用漢字表では「焦」字に「あせる」の訓が認められている。ここでは「ショウリョ（焦慮）」という漢語に使う字をあてている。「焦燥」「焦躁」があてられることもあった。

⑧

第三《だいさん》の真理《しんり》が驀地《まっしぐら》に現前《げんぜん》する。

「マッシグラ」に漢語「バクチ（驀地）」に使う漢字をあてている。滝沢馬琴（一七六七～一八四八）の『南総里見八犬伝』に、「マッシグラ」に「驀地」をあてた例があるので、江戸時代にはこうした使い方があったことがわかる。現代中国語で「驀（蓦）地（モーディー)」は〈突然、だしぬけに〉という語義をもつ。

⑨ 真《まこと》に御**生憎**《おあいにく》で、御誂《おあつらえ》ならこしらえますが

「アイニク」は「アヤニク」の変化した語。「合憎」「相憎」があてられることもあった。「アイニク」を「アイ＋ニク」に分解して、それぞれの部分に、そうした発音をする訓をもつ漢字をあてるというやり方を採っている。

⑩ 一人《ひとり》で承知《しょうち》して一人《ひとり》で**喋舌**《しゃべ》る。

「喋」一字で「シャベル」を表わすこともある。「喋舌」という漢語はなさそうなので、ここでは「喋」字に「舌」字を加えていることになる。漱石は『琴のそら音』(明治三十八年)においても「喋舌るがいゝや」(『漾虚集《ようきょしゅう》』一〇九頁五行目)と「喋舌」を使う。

明治期には「饒舌」があてられることもあった。

第二節　『坊っちゃん』（明治三十九年より連載開始）の難読漢字

扉コラム②　松山方言「なもし」の朱入れは虚子が

明治三十九（一九〇六）年四月に『吾輩ハ猫デアル』の第十章と同時に雑誌『ホトトギス』第九巻第七号に一括して発表された。明治四十年一月一日に春陽堂から刊行された小説集『鶉籠《うずらかご》』に、『二百十日』『草枕』とともに収められた。

『ホトトギス』のタイトル（上図参照）は「坊っちゃん」と、促音にあてる「つ」は小さく、拗音にあてる「や」は大きく書かれているが、同じ『ホトトギス』の柱題（上図の左上方の小さい文字）には「坊つちゃん」とある。

『ホトトギス』版の「坊っちゃん」冒頭頁

坊っちやん

夏目漱石

親讓りの無鐵砲で小供の時から損ばかりして居る。小學校に居る時分學校の二階から飛び降りて一週間程腰を拔かした事がある。なぜそんな無闇をしたと聞く人があるかも知れぬ。別段深い理由でもない。新築の二階から首を出して居たら、同級生の一人が冗談に、いくら威張つても、そこから飛び降りる事は出來まい。弱蟲やーい。と囃したからである。小使に負ぶさつて歸つて來た時、おやぢが大きな眼をして二階位から飛び降りて腰を拔かす奴があるかと云つたから、此次は拔かさずに飛んで見せますと答へた。

親類のものから西洋製のナイフを貰つて奇麗な刃を日に翳して、友達に見せて居たら、一人が光る事は光るが切れさうもないと云つた。切れぬ事があるか、何でも切つて見せると受け合つた。そんなら君の指を切つて見ろと注文したから、何だ指位此通だと右の手の親指の甲をはすに切り込んだ。幸ナイフが小さいのと、親指の骨が堅かつたので、今だに親指は手に付いて居る。然し創痕は死ぬ迄消えぬ。

庭を東へ二十歩に行き盡すと、南上がりに聊か許りの菜園があつて、眞中に栗の木が一本立つて居る。是は命より大事な栗だ。實の熟する時分は起き拔けに背戸を出て落ちた奴

坊つちやん　　九巻　七號　附錄　　一

『ホトトギス』には振仮名がほとんど施されていないが、単行本もそれを踏襲《とうしゅう》しているようにみえる。

『坊っちゃん』の自筆原稿は『直筆で読む「坊っちゃん」』（集英社新書ヴィジュアル版、二〇〇七年刊）によって誰でも見ることができる。松屋製の原稿用紙に書かれた一枚目にも、はっきりと「坊っちゃん」と書かれている。

松山方言の「ナモシ」がよく知られているが、漱石は高浜虚子に松山方言の修正を頼んでおり、実際に幾つかの箇所での「もし」の書き入れは虚子の手になるものであることが指摘されている。

「坊っちゃん」に敵対する人物として「のだいこ」と綽名《あだな》されている人物が登場する。この人物の本名は「吉川」ということになっているが、原稿を見ると、「吉川」の下には「加藤」とあって、最初は「加藤」という名前を与えられていたことがわかる。

漱石は『坊っちゃん』を最短で八日間、一日平均原稿用紙二十七枚のペースで書いたと推測されており、そう思って原稿を見るといろいろと興味深いかもしれない。

問

★★
①
曝して

※例文「日に□□して」がヒント

★
②
無暗

※「む□□に」。「暗」の「日へん」を「門がまえ」に変えて……

★
③
愈

※二音の繰り返し。「□よ□よ、俺の出番だ」

★
④
瓦落多

※「瓦《かわら》」の音読みは「ガ」。すべて音読みで四文字。「が□□た」

★
⑤
商買

※これも音読みで

◉親類のものから西洋製のナイフを貰《もら》つて奇麗《きれい》な刃《は》を日に**曝して**《□□》、友達に見せて居《い》たら、［…］

◉邪魔になつて手が使へぬから、**無暗**《□□□》に手を振つたら、［…］

◉母が死んでから清《きよ》は **愈**《□よ□よ》 おれを可愛がつた。

◉兄は夫《それ》から道具屋を呼んで來て、先祖代々の**瓦落多**《が□□た》を二束三文《にそくさんもん》に賣《う》つた。

◉［…］是《これ》を資本にして**商買**《□□□□□》をするなり、學資《がくし》にして勉强をするなり、どうでも隨意《ずいい》に使ふがいゝ《いい》、其代《そのかわ》り［…］

答

① かざ・して【翳して】 ◉坊っちゃん【『ホトトギス』第9巻 第7号】 1頁

② むやみ【無暗】 ◉同 2頁

③ いよいよ【愈】 ◉同 5頁

④ がらくた【瓦落多】 ◉同 8頁

⑤ しやうばい【商買】（しょうばい） ◉同 9頁

A

◉《常用漢字・現代仮名遣い・振仮名》で味わう原文と解説

①**奇麗《きれい》な刃《は》を日《ひ》に翳《かざ》して、友達《ともだち》に見《み》せて居《い》たら、**

「翳」字の音は「エイ」。〈かざす・かげ〉という字義をもつ。谷崎潤一郎の随筆は、現在の常用漢字表下では『陰影礼賛』と書くことが多いが、もともとの書名は『陰翳禮讃』。ちょっと違う感じがしませんか。

②**無暗《むやみ》に手《て》を振《ふ》ったら、**

常用漢字表では「暗」字には音「アン」と訓「くらい」、「闇」字には訓「やみ」のみを認めているので、現在では「無暗」よりも「無闇」の方が「ムヤミ」と結びつきやすいかもしれない。しかし歴史的にみれば、「暗」も「闇」も、「ヤミ」という訓をもっていた。

③**母《はは》が死《し》んでから清《きよ》は愈《いよいよ》おれを可愛《かわい》がった。**

「イヨイヨ」に「愈」をあてる例は古くからあり、そういう意味合いでは一般的なものといえる。ただし、現在では副詞をあまり漢字で書かないので、目にすることが少なくなっている。

④

先祖代々《せんぞだいだい》の瓦落多《がらくた》を二束三文《にそくさんもん》に売《う》った。

「ガラクタ」の「ガラ」は物が触れ合う音といわれる。尾崎紅葉、山田美妙《やまだびみょう》らが中心となっていた硯友社《けんゆうしゃ》の雑誌に、明治十八（一八八五）年に創刊された『我楽多文庫《がらくたぶんこ》』がある。

⑤

是《これ》を資本《しほん》にして商買《しょうばい》をするなり、

「商買」は誤植ではありません。明治期には「ショウバイ」を「商買」と書くこともありました。すぐ次の十頁には「商賣らしい商賣がやれる譯《わけ》でもなからう。」と書かれていて、漱石は「商買」「商売（賣）」両方を使っていたことがわかります。

問

★
⑥
屹度

※三文字。「あなたなら、□□□読めるはず」

★
⑦
八釜しい

※「嗚呼《ああ》、や□□しいったらありゃしない」

★★
⑧
服装

※「ふくそう」としか読めない、と諦めず、二文字です。「な□」

★
⑨
流石

※漢字検定二級レベル。三文字で。「これが読めるなんて、□□□ですね！」と人をほめるときに

★★★
⑩
午砲

※「ごほう」以外の読みで。「位置に着いて、ヨーイ□□」

●「行く事は行くがぢき歸《かえ》る。來年の夏休《なつやすみ》には**屹度**《□□□》歸る」と慰めてやつた。

●熱い許《ばか》りではない。騒々《そうぞう》しい。下宿の五倍位**八釜しい**《や□□》。

●こんな、狹《せま》くて暗い部屋へ押し込めるのも茶代《ちゃだい》をやらない所爲《せい》だらう。見すぼらしい**服装**《な□》をして、ズックの革鞄《かばん》と毛《け》繻子《じゅす》の蝙蝠傘《こうもりがさ》を提《さ》げてるからだらう。

●漢學《かんがく》の先生は**流石**《□□□》に堅《かた》いものだ。

●先生と大きな聲《こえ》をされると、腹の減《へ》つた時に丸《まる》の内《うち》で**午砲**《□□》を聞いた様《よう》な氣《き》がする。

Q

答

⑥ きつと【屹度】（きっと） ◉坊っちゃん【『ホトトギス』第9巻 第7号】12頁

⑦ やかま・しい【八釜しい】 ◉同 15頁

⑧ なり【服装】 ◉同 15頁

⑨ さすが【流石】 ◉同 19頁

⑩ どん【午砲】 ◉同 23頁

A

◉《常用漢字・現代仮名遣い・振仮名》で味わう原文と解説

⑥　来年《らいねん》の夏休《なつやす》みには屹度《きっと》帰《かえ》る

副詞「キット」に漢字「屹度」をあてている。明治期には「急度」があてられることも少なくない。「屹」には〈けわしい〉という字義、「急」には〈さしせまっている〉という字義があるので、発音だけではなく、〈ゆるみないさま〉という語義の「キット」と語義上もつながりがある。

⑦　下宿《げしゅく》の五倍位《ごばいくらい》八釜《やかま》しい。

『言海』は見出し項目「ヤカマシ」に普通用の漢字を掲げていない。それだけ、漢字では書きにくい語であったと考えられる。「ヤカマシ」を「ヤ＋カマ＋シ」と分解して、「八」と「釜」とをあてたことになる。「喧擾」をあてることもある。

⑧　見《み》すぼらしい服装《なり》をして、

〈ありさま・かっこう〉という語義の「ナリ」に、漢語「フクソウ（服装）」に使う漢字をあてた例。

⑨ **漢学《かんがく》の先生《せんせい》は流石《さすが》に堅《かた》いものだ。**

室町期の辞書『運歩色葉集《うんぽいろはしゅう》』では「サスガ㈢」に「流草」「大小」「流石」「有繫」があてられている。したがって、「サスガ㈢」と「流石」との結びつきはここまで遡《さかのぼ》る。『言海』は普通用の漢字として「流石」「遉」「有繫」の三つを掲げる。

⑩ **丸《まる》の内《うち》で午砲《どん》を聞《き》いた様《よう》な気《き》がする。**

「ドン」は空砲を発射して正午の時刻を知らせたことから、その知らせを「ドン」と呼ぶようになった。「号砲」と書くこともあった（本書101頁参照）。

第二節 『虞美人草』（明治四十年より連載開始）の難読漢字

扉コラム③ 切り抜き帳を作っていた漱石

明治四十（一九〇七）年、夏目漱石は東京帝国大学に辞表を提出し、五月に朝日新聞社に入社する。『虞美人草』は朝日新聞入社第一作として、六月二十三日から十月二十九日まで、東京・大阪の『朝日新聞』に連載された。連載終了からおよそ二か月後の、明治四十一年一月一日に春陽堂から単行本『虞美人艸』（「艸」は「草」）が刊行される。

新聞連載終了から二か月での単行本出版も早いが、正月の、一月一日の出版は目を牽《ひ》く。

漱石は新聞に掲載された自身の小説を切り抜いて、「切り抜き帳」を作っていた。しかし、第一二六回（十九の二）の末尾三行が新聞では別段

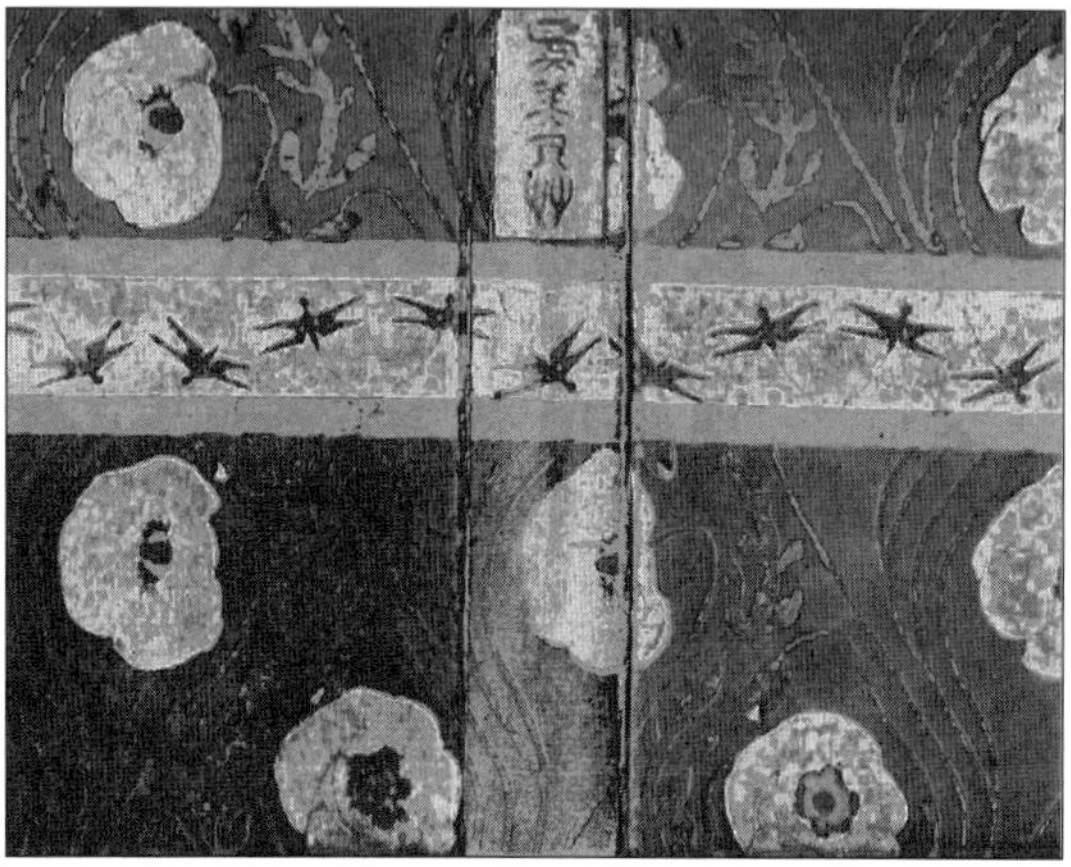

稿者所持の『虞美人草』初版本の装幀。ヒナゲシの花、トンボの背面の帯状部分、および背の上部のタイトルバックが朱に近い赤。茎や葉は深緑。トンボと全体の地色は濃いベージュ。多少の褪色はあるだろうが、控えめで落ち着いた色調が印象的。

に印刷されていたので、漱石はこれを切り抜き損なう。「切り抜き帳」をもとに作られた単行本では、この箇所がない。

装幀は橋口五葉が担当している。

表紙から裏表紙までを虞美人草（＝ヒナゲシ）の文様で覆《おお》い、タイトルの下部にトンボの模様を帯状にまわしている（上図参照）。植物、昆虫を組み合わせた意匠はアール・ヌーヴォー調といえよう。『虞美人草』の装幀、口絵の画稿は神奈川近代文学館に所蔵されている。

ＮＨＫ総合テレビで放送された向田邦子脚本のテレビドラマ（後に小説化される）『阿修羅のごとく』のパートⅠ第三話は「虞美人草」と題され、宇崎竜童が扮する勝又が『虞美人草』冒頭や、作品最末尾の一文、

「此処《こゝ》では喜劇《きげき》ばかり流行《はや》る」（六〇〇頁）

を読む場面が織り込まれ、印象深かった。

問

★★
①
手巾

※昭和歌謡「木綿《もめん》の□□⧈チーフ」（⧈はできれば昔訛《むかしなま》りで）

◉「随分遠《ずゐぶんとほ》いね。元來何處《ぐわんらいどこ》から登《のぼ》るのだ。」と一人《ひとり》が**手巾**《□□□ち》で額《ひたひ》を拭《ふ》きながら立留《たちどま》つた。

★★★
②
微茫なる

※「茫」をとって「微」だけのほうが読めるかも。「か□□なる」

◉［…］見上《みあ》げる頭《あたま》の上《うへ》には、**微茫**《か□□》**なる**春《はる》の空《そら》の、底迄《そこまで》も藍《あゐ》を漂《たゞよ》はして、［…］

★★
③
劔呑

※常用漢字では「剣呑」。「□ん□ん」

◉「僕《ぼく》か。僕《ぼく》は叡山《えいざん》へ登《のぼ》るのさ。――おい君《きみ》、さう後足《あとあし》で石《いし》を轉《ころ》がしてはいかん。後《あと》から尾《つ》いて行《ゆ》くものが**劔呑**《□ん□ん》だ。――あゝ随分草臥《ずゐぶんく□び□》た。僕《ぼく》はこゝで休《やす》むよ」と甲野《かふの》さんは、がさりと音《おと》を立《た》てゝ枯薄《かれすゝき》の中《なか》へ仰向《あふむ》けに倒《たふ》れた。

（本文中「随分**草臥**《ずゐぶんく□び□》**た**」）

★★
④
草臥た

※「嗚呼《ああ》、く□び□た〜」「おつかれさま！」

★★★
⑤
埃及

※古代文明で有名な、アフリカの国名。四文字。「エ□□□」

◉羅馬《ローマ》の君《きみ》は**埃及**《エ□□□》に葬《はうふ》られ、**埃及**《エ□□□》なるわれは、君《きみ》が羅馬《ローマ》に埋《うづ》められんとす。

答

① はんけち【手巾】（ハンカチ） ◉虞美人草【明治41年・初版】1頁

② かすか・なる【微茫なる】 ◉同 1頁

③ けんのん【劒呑】 ◉同 14頁

④ くたびれ・た【草臥た】 ◉同 14頁

⑤ エヂプト【埃及】（エジプト） ◉同 27頁

A

◉《常用漢字・現代仮名遣い・振仮名》で味わう原文と解説

①　一人《ひとり》が**手巾**《ハンケチ》で額《ひたい》を拭《ふ》きながら立《た》ち留《ど》まった。

夏目漱石『虞美人草』の冒頭近く（二行目）。英語「handkerchief」は、「手拭」や「半巾」などと書かれることもあった。「半巾」の「半」はハンカチーフの「ハン」に対応しているかもしれない。

②　見《み》上《あ》げる頭《あたま》の上《うえ》には、**微茫**《かすか》なる春《はる》の空《そら》の、底迄《そこまで》も藍《あい》を漂《ただよ》わして、

「カスカナル」のような形容動詞にはぴったりとした漢字があてにくい。「微」一字だけでも「カスカ（ナル）」を表わすことができるが、ここでは「ボウヨウ（茫洋）」に使われる「茫」字を加えたかと思われる。

③　後《あと》から尾《つ》いて行《ゆ》くものが**剣呑**《けんのん》だ。

「ケンノン」は現代日本語ではほとんど使われない語になっている。〈危険だと思うさま〉であるが、「険呑」や「剣難」と書かれることもあった。

④ **ああ随分草臥《ずいぶんくたびれ》た。**

「クタビレル」に「草臥」をあてることは現代でも目にするが、江戸期にはすでにみられるので、相応の使用実績がある。

⑤ **埃及《エジプト》なるわれは、君《きみ》が羅馬《ローマ》に埋《うず》められんとす。**

「Egypt」を「埃及」と書くのは、中国での使用を日本でも踏襲したもの。大槻玄沢《おおつきげんたく》（一七五七～一八二七）の『蘭学階梯《らんがくかいてい》』（一七八八年刊）には「厄入多（エヂプテ）」という書き方がみられる。

ついでにいうと、そのあとの「羅馬」はイタリアの首都ローマである。ちなみに、現代中国語では「埃及」を「アイジー」と発音し、また同国の首都カイロは「開羅」（簡体字では「开罗」）と書き、「カイルオ」と発音する。

第四節 『三四郎』（明治四十一年より連載開始）の難読漢字

扉コラム④　明治日本という「国家の思春期」に生まれた名作

明治四十一（一九〇八）年九月一日から十二月二十九日まで、全一一七回にわたって、東京・大阪の『朝日新聞』に連載された。明治四十二年五月十九日に春陽堂から単行本が刊行された。装幀は橋口五葉。

熊本の高等学校を卒業して帝国大学文科大学に入学した小川三四郎《おがわさんしろう》の生活を描いた作品で、森鷗外の『青年』（一九一〇年刊　本書第十一節参照）とともに、青春小説とみなされることもある。

登場人物の一人である里見美禰子《さとみみねこ》が三四郎に「迷子《まひご》の英訳《えいやく》を知《し》つて入《い》らしつて」（一七九頁）と尋《たず》ねる場面が作品中にあるが、美禰子は自身の問いに「迷《ストレイ》へる子《シープ》――解《わか》つて？」と自分で答える。『三四郎』は「三四郎《らう》は何《なん》とも答《こたへ》なかつた。たゞ口《くち》の内《うち》で迷羊《ストレイシープ》、迷羊《ストレイシープ》、迷羊《ストレイシープ》と繰返《くりかへ》した。」（四一七頁）というところで終わっており、「ストレイシープ」はこの作品の（謎をはらんだ）キー・ワードといえよう。

画家、横山大観（一八六八～一九五八）は、孔子、キリスト、釈迦、老子の四聖の間に、日本人の幼児を描いて「迷児」という題名をつけた作品を一九〇二年に発表している。この横山大観の作品と『三四郎』とに直接的な関係はないにしても、「迷子／迷児」はあるいはこの時期の日本をとらえるキー・ワードであったのかもしれない。

上は表紙と背表紙。ふくろうがかわいい。左は中扉。下は奥付裏の漱石既刊書広告。

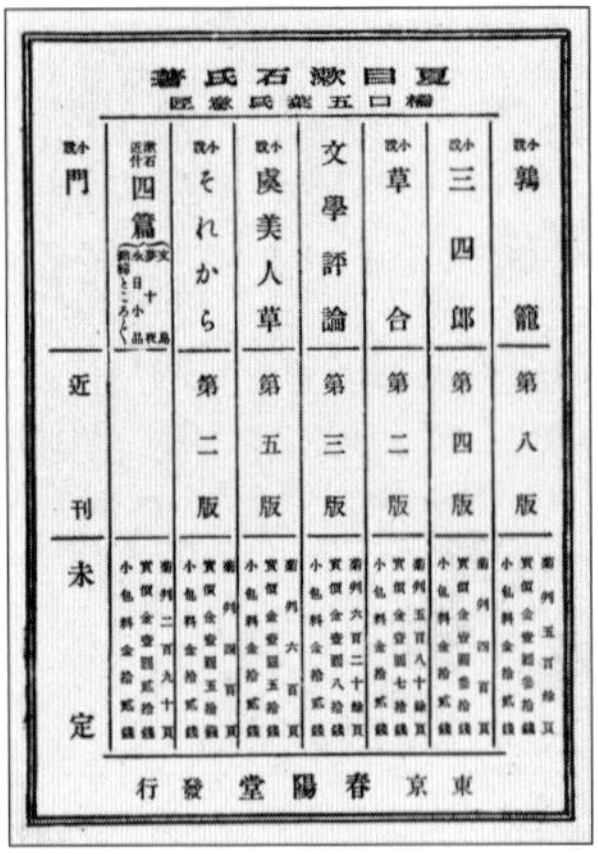

夏目漱石氏著
橋口五葉氏装畫

小説 鶉籠	第八版	菊判五百餘頁	實價金壹圓參拾錢	小包料金拾貳錢
小説 三四郎	第四版	菊判四百頁	實價金壹圓參拾錢	小包料金拾貳錢
小説 草合	第二版	菊判五百八十餘頁	實價金壹圓七拾錢	小包料金拾貳錢
文學評論	第三版	菊判六百二十餘頁	實價金壹圓八拾錢	小包料金拾貳錢
小説 虞美人草	第五版	菊判六百頁	實價金壹圓五拾錢	小包料金拾貳錢
小説 それから	第二版	菊判四百頁	實價金壹圓五拾錢	小包料金拾貳錢
漱石近什 四篇（文鳥 夢十夜 永日小品 満韓ところどころ）		菊判二百九十頁	實價金壹圓貳拾錢	小包料金拾貳錢
小説 門	近刊		未定	

東京 春陽堂發行

① ★★

判明

※「はんめい」と読みたくなるが、さにあらず。「は□□り」

② ★★★

几帳面

※「きちょうめん」以外の読みです。「ちゃ□ちゃ□」

③ ★★★

物價

※現在の漢字では「物価」。これも「ぶっか」以外の読みです。たぶん難読すぎて答えを聞いてもわからない

④ ★

革鞄

※「革」をとって「鞄」一字のみのほうが読めるかも

⑤ ★★★

西洋手拭

※「せいようてぬぐい」と読めるが、さにあらず。愛媛県今治《いまばり》の名産品

◉唯顔立《たゞかほだち》から云《い》ふと、此女《このをんな》の方《はう》が餘程《よほど》上等《じやうとう》である。口《くち》に締《しま》りがある。眼《め》が**判明**《は□□り》してゐる。額《ひたひ》がお光《みつ》さんの様《やう》にだゞつ《(だだっ)》廣《ぴろ》くない。

◉始《はじ》めのうちは音信《たより》もあり、月々《つきぐ》のものも**几帳面**《ちや□く》と送《おく》つて來《き》たから好《よ》かつたが、此半歳許前《このはんとしばかりまへ》から手紙《てがみ》も金《かね》も丸《まる》で來《こ》なくなつて仕舞《しま》つた。

◉後《あと》で景氣《けいき》でも好《よ》くなればだが、大事《だいじ》な子《こ》は殺《ころ》される、**物價**《□□□□》は高《たか》くなる。

◉三四郎《らう》は手頃《てごろ》なヅックの**革鞄**《□□□》と傘丈《かさだけ》持《も》つて改札場《かいさつば》を出《で》た。

◉其晩《そのばん》は三四郎《らう》の手《て》も足《あし》も此幅《このはゞ》の狹《せま》い**西洋手拭**《□□□□》の外《そと》には一寸《いつすん》も出《で》なかつた。

答

①はっきり【判明】（はっきり）　◉三四郎【明治43年・第5版】2頁

②ちゃんく〳〵【几帳面】（ちゃんちゃん）　◉同3頁

③しよしき【物價】（しょしき）　◉同3頁

④かばん【革鞄】　◉同7頁

⑤タウエル【西洋手拭】（タオル）　◉同12頁

A

◉《常用漢字・現代仮名遣い・振仮名》で味わう原文と解説

①　**眼**《め》が**判明**《はっきり》している。

「ハッキリ」に漢語「ハンメイ（判明）」に使う漢字をあてている。「ハッキリ」は分解しにくい。「ボンヤリ」であれば「ボン＋ヤリ」に分解して、それぞれに「盆」「槍」をあてるという方法が採れるが、それが採れない。したがって、「ハッキリ」と語義がちかい漢語に使う漢字をあてることが多くなる。

②　月々《つきづき》のものも**几帳面**《ちゃんちゃん》と送《おく》って来《き》たから好《よ》かったが、

〈物事が滞《とどこお》らないさま〉を表わす「チャンチャン」は漢字で書きにくいので、〈きちんとしている〉という語義をもつ漢語「キチョウメン（几帳面）」に使う漢字をあてたと思われる。

③　**物価**《しょしき》は高《たか》くなる。

「ショシキ（諸式・諸色）」は〈物の値段、物価〉という語義をもつ漢語。漢語「ショシキ」に漢語「ブッカ（物価）」に使う漢字をあてるのだから、これは読めなくてもしかたがない。こういう書き方は振仮名によって支えられている場合も少なくない。

④　**三四郎**《さんしろう》**は手頃**《てごろ》**なズックの革鞄**《かばん》**と傘丈**《かさだけ》**持**《も》**って改札場**《かいさつば》**を出**《で》**た。**

「カバン」は〈ふみ挟み〉の語義をもつ中国語「キャバン（夾板）」からの語といわれる。「鞄」のもともとの字義は〈なめしがわ・かわつくりの職人〉。「カバン」という語そのものも明治期になってから文献に現われてくるといわれている。『言海』は見出し項目「カバン」に普通用の漢字として「鞄」一字を掲げている。

⑤　**幅**《はば》**の狭**《せま》**い西洋手拭**《タウエル》**の外**《そと》**には一寸**《いっすん》**も出**《で》**なかった。**

「towel」は現代では「タオル」という語形が一般的であるが、明治期には語形そのものもさまざまであった。漱石は『それから』では「タヱルで一寸口髭《ちよつとくちひげ》を摩《こす》つて」（二六二頁）と「タヱル」という語形も使っている。

第五節　『それから』（明治四十二年より連載開始）の難読漢字

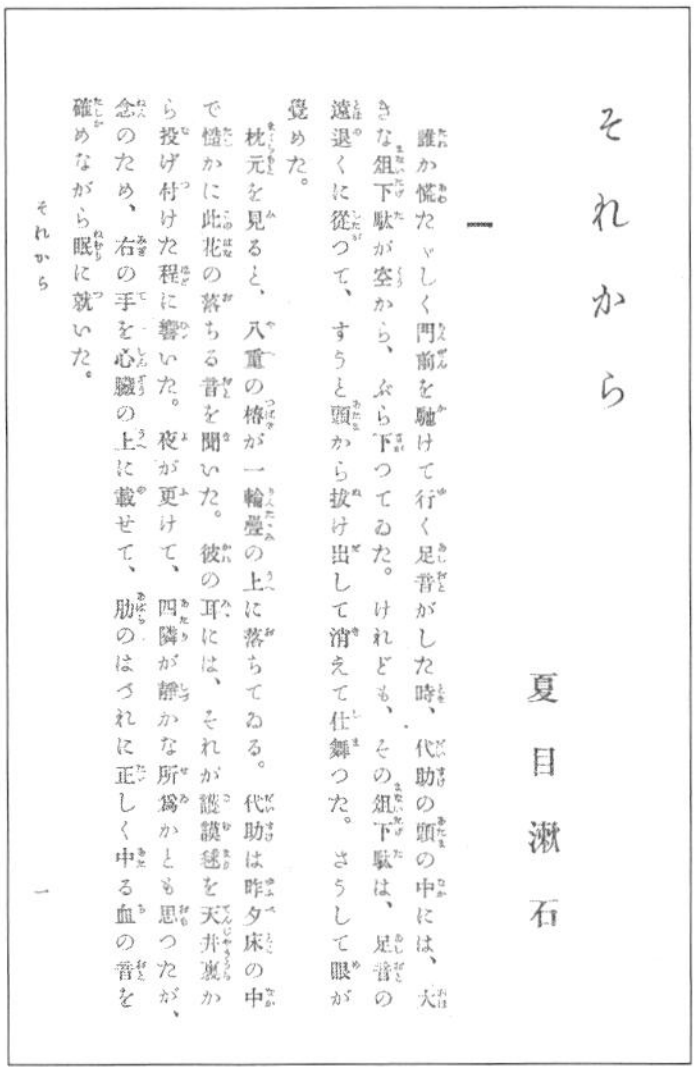

それから

夏目漱石

一

誰《たれ》か慌《あわ》たゞしく門前《もんぜん》を馳《か》けて行《ゆ》く足音《あしおと》がした時《とき》、代助《だいすけ》の頭《あたま》の中《なか》には、大《おほ》きな俎下駄《まないたげた》が空《くう》から、ぶら下《さが》つてゐた。けれども、その俎下駄《まないたげた》は、足音《あしおと》の遠退《とほの》くに従《したが》つて、すうと頭《あたま》から抜《ぬ》け出《だ》して消《き》えて仕舞《しま》つた。さうして眼《め》が覚めた。

枕元《まくらもと》を見《み》ると、八重《や》の椿《つばき》が一輪畳の上《うへ》に落《お》ちてゐる。代助《だいすけ》は昨夕《ゆふべ》床《とこ》の中《なか》で慥《たし》かに此《この》花《はな》の落《お》ちる音《おと》を聞《き》いた。彼《かれ》の耳《みゝ》には、それが護謨毬《ごむまり》を天井裏《てんじやううら》から投《な》げ付《つ》けた程《ほど》に響《ひゞ》いた。夜《よ》が更《ふ》けて、四隣《あたり》が静《しづ》かな所為《せゐ》かとも思《おも》つたが、念《ねん》のため、右《みぎ》の手《て》を心臓《しんざう》の上《うへ》に載《の》せて、肋《あばら》のはづれに正《たゞ》しく中《あた》る血《ち》の音《おと》を確《たし》かめながら眠《ねむり》に就《つ》いた。

それから　一

『それから』初版の冒頭頁

扉コラム⑤　読むたびに薫る白百合の花

明治四十二（一九〇九）年六月二十七日から十月十四日まで、全一一〇回にわたって、東京・大阪の『朝日新聞』に連載された。明治四十三年一月一日に春陽堂から単行本が刊行されている。装幀は橋口五葉。

登場人物の一人である長井代助《ながいだいすけ》は、大学を卒業して数年が経って、三十歳になろうとしている独身者であるが、父からの仕送りで優雅な暮らしをしている。

そうしているところに、大阪の銀行に勤めていた友人の平岡常次郎《ひらおかつねじろう》が失職して妻の三千代《みちよ》とともに東京へ帰ってくる。三千代は子どもを亡くし、心臓を悪くしていた。三千代と三年ぶりに再会した代助は、次第に自分が三年前に三千代を愛していたことを自覚していく。

三千代が代助を訪ねてくる場面で三千代は「手《て》に大《おほ》きな白《しろ》い百合《ゆり》の花《はな》を三本許《ぼんばかり》提《さ》げて」（二〇三頁）くる。三千代の兄がまだ生きていた頃に、「長《なが》い百合《ゆり》を買《か》つて、代助《だいすけ》が谷中《やなか》の家《いへ》を訪《たづ》ねた事《こと》があつた」（二一一頁）のを覚えていたためと思われるが、後に代助は三千代を自分の宅へ呼び、「僕《ぼく》の存在《そんざい》には貴方《あなた》が必要《ひつえう》だ。何《どう》しても必要《ひつえう》だ。僕《ぼく》はそれ丈《だけ》の事《こと》を貴方《あなた》に話《はな》したい爲《ため》にわざ〳〵貴方《あなた》を呼《よ》んだのです」（三四九頁）と伝える。その日、代助は「大《おほ》きな白百合《しらゆり》の花《はな》を澤山買《たくさんか》つて」（三三九頁）三千代を自宅に迎えた。

この白百合がヤマユリかどうかわからないが、ヤマユリの強い香りを嗅ぐと『それから』を思う。

問

★★
①
護謨毬

※『広辞苑』（第三版）はこの語を「弾性□□でつくった中空のまり」と説明

◉彼《かれ》の耳《みゝ》には、それが**護**《□》**謨**《□》**毬**《まり》を天井裏《てんじやううら》から投《な》げ付《つ》けた程《ほど》に響《ひゞ》いた。

★★★
②
撲された

※「□□す」という動詞の受身・過去形。最近たまに耳にする「□□顔《がお》」は……関係ないか

◉彼《かれ》は時々《ときぐ》寐《ね》ながら、左《ひだり》の乳《ち》の下《した》に手《て》を置《お》いて、もし、此處《ここ》を鐵槌《かなづち》で一《ひと》つ**撲**《□□》**された**ならと思《おも》ふ事《こと》がある。

★★
③
倦怠さうな

※「けんたい」以外の読みです。「□□そうな」

◉代助《だいすけ》は、しばらく、それを讀《よ》んでゐたが、やがて、**倦**《□》**怠**《□》**さうな**手《て》から、はたりと新聞《しんぶん》を夜具《やぐ》の上《うへ》に落《おと》した。

★★★
④
牛酪

※西洋かぶれした人や西洋風のものを「□□臭《くさ》い」といって貶《けな》すことがあります

◉熱《あつ》い紅茶《こうちや》を啜《すゝ》りながら燒麵麭《やきぱん》に**牛酪**《□□》を付《つ》けてゐると、［…］

★★
⑤
判然

※これも音読みの「はんぜん」以外の読みです

◉又《また》かう、怠惰《なまけ》ものでは、さう**判然**《は□□り》した答《こたへ》が出來《でき》ないのである。

Q

答

① ごむまり【護謨毬】(ゴムまり)

◉それから【明治43年・初版】 1頁

② どや・された【撲された】

◉同 2頁

③ だる・さうな【倦怠さうな】(だる・そうな)

◉同 3頁

④ ばた【牛酪】(バター)

◉同 4頁

⑤ はつきり【判然】(はっきり)

◉同 6頁

A

◉《常用漢字・現代仮名遣い・振仮名》で味わう原文と解説

①　**護謨毬《ごむまり》**を天井裏《てんじょううら》から投《な》げ付《つ》けた程《ほど》に響《ひび》いた。

「ゴム」はオランダ語「gom」からの語形（英語は「gum」）とされている。「謨」字は音「バク・ボ・マク・モ」をもっている。現代中国語で「ゴム」は「橡胶《シァンチャオ》」あるいは「橡皮《シァンピー》」という。

②　鉄槌《かなづち》で一《ひと》つ**撲《どや》されたら**と思《おも》う事《こと》がある。

「ドヤス」は〈打つ・たたく〉という語義をもった語。江戸時代には使われていた。こういう語も漢字で書きにくい。『三四郎』には「打《どや》された様《やう》な氣《き》がした」（十五頁）とある。

③　**倦怠《だる》そうな**手《て》から、はたりと新聞《しんぶん》を夜具《やぐ》の上《うえ》に落《お》とした。

語頭に濁音がある純粋の日本語は少ないので、もともとは「タルイ」で、それが「ダルイ」に変化したのではないかと考えられている。『言海』は普通用の漢字として「怠」

字を掲げている。〈心身が疲れてだるい〉という語義をもつ漢語「ケンタイ（倦怠）」に使う字をあてている。

④ **焼《やき》麺麭《パン》に牛酪《バタ》を付《つ》けていると、**

「ラク（酪）」は〈牛や羊などの乳を発酵させて作った飲料〉で、仏教においては「五味（乳味・酪味・生酥《しょうそ》味・熟酥味・醍醐味）」の一つとする。「ギュウ（牛）」の「酪」ということで「ギュウラク（牛酪）」という語も使われた。

ここでは英語「butter」に漢字「牛酪」をあてる。

ちなみに英語「cheese」は「乾牛酪」あるいは「乾酪」と書くことがある。

⑤ **そう判然《はっきり》した答《こた》えが出来《でき》ないのである。**

ここでは漢語「ハンゼン（判然）」に使う漢字で「ハッキリ」を書いている。

第六節　『門』（明治四十三年より連載開始）の難読漢字

扉コラム⑥　女は今日の春を愛で、男は明日の冬を思う

明治四十三（一九一〇）年三月一日から六月十二日まで、全一〇四回にわたって、東京・大阪の『朝日新聞』に連載された。明治四十四年一月一日に単行本が春陽堂から出版されている。装幀は橋口五葉。

作品は、明治四十二年の晩秋のある日曜日から翌年早春のある日曜日までの半年ほどを描いている。自分たちの過去について、怯《おび》えにちかい気持ちを抱きながら生きる宗助《そうすけ》、お米《よね》の夫婦の日常を

『門』初版の冒頭頁

門

夏目漱石

一

宗助《そうすけ》は先刻《さつき》から縁側《えんがは》へ座蒲團《ざぶとん》を持出《もちだ》して、日當《ひあた》りの好《よ》さゝうな處《ところ》へ氣樂《きらく》に胡坐《あぐら》をかいて見《み》たが、やがて手《て》に持《も》つてゐる雜誌《ざつし》を放《ほう》り出《だ》すと共《とも》に、ごろりと横《よこ》になつた。秋日和《あきびより》と名《な》のつく程《ほど》の上天氣《じやうてんき》なので、往來《わうらい》を行《ゆ》く人《ひと》の下駄《げた》の響《ひゞき》が、靜《しづか》な町《まち》丈《だけ》に、朗《ほが》らかに聞《きこ》えて來《く》る。肱枕《ひぢまくら》をして軒《のき》から上《うへ》を見《み》上《あげ》ると、奇麗《きれい》な空《そら》が一面《めん》に蒼《あを》く澄《す》んでゐる。其《その》空《そら》が自分《じぶん》の寐《ね》てゐる縁側《えんがは》の、窮屈《きゆうくつ》な寸法《すんぽふ》に較《くら》べて見《み》ると非常《ひじやう》に廣大《くわうだい》である。たまの日曜《にちえう》に斯《かう》して緩《ゆつ》くり空《そら》を見《み》る丈《だけ》でも、大分《だいぶ》違《ちが》ふなと思《おも》ひながら、眉《まゆ》を寄《よ》せて、ぎら〳〵する日《ひ》を少時《しばらく》見詰《みつ》めてゐたが、眩《まぶ》しくなつたので、今度《こんど》はぐるりと寐返《ねがへ》りをして障子《しやうじ》の方《はう》を向《む》いた。障子《しやうじ》の中《なか》では細君《さいくん》が裁縫《しごと》をしてゐる。

「おい、好《い》い天氣《てんき》だな」と話《はな》し掛《か》けた。

門　一

鮮やかに描き出す。

作品の中で、宗助が、鎌倉あたりの「禪寺《ぜんでら》へ留《と》めて貰《もら》つて、一週間《しうかん》か十日《とをか》、たゞ靜《しづ》かに頭《あたま》を休《やす》めて見《み》る丈《だけ》の事《こと》さ。」（二八二頁）と述べる箇所がある。漱石は明治二十七年十二月から翌年にかけて鎌倉の円覚寺《えんがくじ》の塔《たっ》頭《ちゅう》である帰源院《きげんいん》に釈宗演《しゃくそうえん》を訪ね、参禅をしている。ちなみにいえば、稿者は円覚寺境内にある北鎌倉幼稚園に通った。

それはさておき、この参禅経験と『門』とが結びつけられることが多い。漱石は大正元年九月十一日にも、宗演を訪ねるが、その時には宗演は円覚寺にほど近く、「駆け込み寺」として知られる東慶寺《とうけいじ》の住職をしていた。この時のことは『初秋の一日』に描かれている。現在は東慶寺境内に、「夏目漱石参禅百年記念碑」が建立されている。

作品は、「本當《ほんたう》に難有《ありがた》いわね。漸《やうや》くの事春《ことはる》になつて」と話しかけるお米に、「うん、然《しか》し又《また》ぢき冬《ふゆ》になるよ」（三三四頁）と宗助が答えるところで終わる。

★
①
先刻

★★★
②
裁縫

★
③
容易い

★★
④
抽出

★★★
⑤
禮帽

※「さき」のあいだに一音入れる

※素直に読めば「さいほう」ですが、ここでは日常的によく使うことばをあてています。裁縫は「針《はり》し□□」といいますよね

※もちろん「ようい・い」ではありません。「むずかしい」の反対。「そう、□□しいでしょ?」

※ここだけ抽出すれば「ちゅうしゅつ」としか読めませんが、下の原文「机の～」から想像して

※現代の字では「礼帽」。礼装に使う帽子といえば

◉宗助《そうすけ》は**先刻**《さ□き》から縁側《えんがは》へ座蒲團《ざぶとん》を持出《もちだ》して、日當《ひあた》りの好《よ》さゝうな處《ところ》へ氣樂《きらく》に胡坐《あぐら》をかいて見《み》たが、[…]

◉障子《しやうじ》の中《なか》では細君《さいくん》が**裁縫**《し□□》をしてゐる。

◉「何故《なぜ》つて、幾何《いくら》**容易い**《□□し》字《じ》でも、こりや變《へん》だと思《おも》つて疑《うたぐ》り出《だ》すと分《わか》らなくなる。此間《このあひだ》も今日《こんにち》の今《こん》の字《じ》で[…]」

◉宗助《そうすけ》は銀金具《ぎんかなぐ》の付《つ》いた机《つくゑ》の**抽出**《□き□し》を開《あ》けて頻《しきり》に中《なか》を檢《しら》べ出《だ》したが、[…]

◉西洋小間物《せいやうこまもの》を賣《う》る店先《みせさき》では、**禮帽**《□□□ハット》の傍《わき》に懸《か》けてあつた襟飾《えりかざ》りに眼《め》が付《つ》いた。

答

①　さつき【先刻】（さっき）　◉門【明治44年・初版】1頁

②　しごと【裁縫】　◉同1頁

③　やさし・い【容易い】　◉同4頁

④　ひきだし【抽出】　◉同7頁

⑤　シルクハット【禮帽】（シルクハット）　◉同16頁

A

◉《常用漢字・現代仮名遣い・振仮名》で味わう原文と解説

① **宗助《そうすけ》は先刻《さっき》から縁側《えんがわ》へ座蒲団《ざぶとん》を持《も》ち出《だ》して、**

「サキ(先)」から「サッキ」がうまれたと思われるので、「先」一字をあてることもある。『言海』は普通用の漢字としてこの「先」を掲げている。ここでは「サッキ」と語義が重なる漢語「センコク(先刻)」に使う漢字をあてている。「先剋」と書くこともあった。

② **障子《しょうじ》の中《なか》では細君《さいくん》が裁縫《しごと》をしている。**

「シゴト」の具体的な内容が「サイホウ(裁縫)」であるので、「裁縫」という漢字をあてている。「シゴト」が掃除であれば、「掃除《しごと》」という書き方も大いにあり得る。ここでは漢字が語義を具体的に限定していることになる。

③ **幾何《いくら》容易《やさし》い字《じ》でも、こりゃ変《へん》だと思《おも》って疑《うたぐ》り出《だ》すと**

「ヤサシイ」と語義が重なる漢語「ヨウイ(容易)」に使う漢字をあてている。漢字「容易」は「タヤスイ」にあてられることもある。

④ **宗助《そうすけ》は銀金具《ぎんかなぐ》の付《つ》いた机《つくえ》の抽出《ひきだし》を開《あ》けて**

現在は「引出（し）」と書くことが多い。『言海』も普通用の漢字として「引出」を掲げている。常用漢字表は「抽」字に訓を認めていないが、「抽」は〈ぬきだす〉という字義をもつ漢字で、江戸時代には「ヒク」という訓をもっていた。

⑤ **礼帽《シルクハット》の傍《わき》に懸《か》けてあった襟飾《えりかざ》り**

男性の礼装用の帽子「silk hat」を「礼帽」と書いている。これはいわば「意訳」のような書き方といえる。英語「fork」を漢字で「肉刺」と書くのも同様の書き方にあたる。

第七節

『彼岸過迄』（明治四十五年より連載開始）の難読漢字

扉コラム⑦ 漱石らしい、力の抜けた標題

明治四十五（一九一二）年一月一日から四月二十九日まで東京・大阪の『朝日新聞』に連載された。大正元年九月十五日に春陽堂から単行本が刊行されている。連載にあたり一月一日の新聞一回分を費やして、「彼岸過迄に就《つい》て」を書く。その中で、

「『彼岸過迄《ひがんすぎまで》』といふのは元日《ぐわんじつ》から始《はじ》めて、彼岸過迄《ひがんすぎまで》書《か》く豫定《よてい》だから單《たん》にさう名《な》づけた迄《まで》に過《す》ぎない實《じつ》は空《むな》しい標題《みだし》である」

と述べている。それに続けて「個々《こゝ》の短篇《たんぺん》を重《かさ》ねた末《すゑ》に、其《そ》の個々《こゝ》の短篇《たんぺん》が相合《あひがつ》して一長篇《ちやうへん》を構成《こうせい》するやうに仕組《しく》んだら、新聞小説《しんぶんせうせつ》として存外面白《ぞんぐわいおもしろ》く讀《よ》まれはしないだらうかといふ意見《いけん》を持《ぢ》してゐた」と述べ

ている。作品全体は、

「風呂の後」「停留所」「報告」でかたちづくる前半と、「雨の降る日」「須永の話」「松本の話」「結末」とでかたちづくる後半とに分かれているが、均衡がとれていないという指摘がある。

登場人物の一人である須永市蔵《すながいちぞう》は三角関係をいわば捏造《ねつぞう》する。

装幀は橋口五葉。菩提樹《ぼだいじゅ》と思われる木の下にインド風の衣装を着た女性を配し、天と地を六つに区切り、それぞれに十二支をはめこむ（左上図）。

扉絵はラクダの意匠（左下図）。

問

★★★
①
作用
※「さよう」以外の読みで。「はた」から始まる四字で

★★★
②
勤勉
※「きんべん」以外の読みで。「筆不精」の反対は「筆□□」

★★
③
上靴
※家に上がってから履く、つっかけを英語で。「ス」から始まる五文字（現代ではたいてい四文字）

★★
④
膃肭臍
※月へんの字が三つも集まりました。「膃肭《おっとつ》」は「太って柔らかいこと」、「臍」は「へそ」ですが、ある海獣の名前です

★★
⑤
新嘉坡
※東南アジアの地名（国名）です。「シン□□□ル」

◉［…］擧動《きよどう》の方《はう》は緩漫《くわんまん》といふよりも、凡《すべ》ての筋肉《きんにく》が湯《ゆ》に煠《う》でられた結果《けつくわ》、當分《たうぶん》**作用**《はた□□》を中止《ちゆうし》してゐる姿《すがた》であつた。

◉［…］何《ど》うも斯《こ》んな時《とき》に身體《からだ》なんか洗《あら》ふな億劫《おくくう》でね。つい盆鎗《ぼんやり》浸《つか》つて盆《ぼん》鎗出《やりで》ちまいますよ。其處《そこ》へ行《ゆ》くと、貴方《あなた》は三層倍《ぞうばい》も**勤勉**《□□》だ。

◉二人《ふたり》は其儘《そのまゝ》一所《しよ》に下宿《げしゆく》へ歸《かへ》つた。**上**《ス□》**靴**《□□□》の踵《かゝと》を鳴《な》らして階段《はしごだん》を二つ上《のぼ》り切《き》つた時《とき》、［…］

◉まだ海豹島《かいへうたう》へ行《い》つて**膃肭臍**《□□□□□》は打《う》つて居《ゐ》ない様《やう》であるが、［…］

◉［…］**新嘉坡**《シン□□□ル》の護謨《ゴム》林栽培《りんさいばい》などは學生《がくせい》のうち既《すで》に目論《もくろ》んで見《み》た事《こと》がある。

答

① はたらき【作用】 ◉彼岸過迄【大正元年・第2版】6頁

② まめ【勤勉】 ◉同 7頁

③ スリッパー【上靴】（スリッパ） ◉同 8頁

④ おっとせい【膃肭臍】（オットセイ） ◉同 11頁

⑤ シンガポール【新嘉坡】 ◉同 15頁

A

◉《常用漢字・現代仮名遣い・振仮名》で味わう原文と解説

①
当分《とうぶん》**作用**《はたらき》を中止《ちゅうし》している姿《すがた》であった。

「ハタラキ」に、漢語「サヨウ（作用）」に使う漢字をあてている。常用漢字表では「働」に訓「ハタラキ」が認められている。過去においては「動」字も「ハタラク」という訓をもっていた。

②
其処《そこ》へ行《ゆ》くと、貴方《あなた》は三層倍《さんぞうばい》も**勤勉**《まめ》だ。

〈まじめ・誠実〉という語義の「マメ」に漢語「キンベン（勤勉）」に使う漢字をあてている。『言海』は普通用の漢字として「忠実」を掲げている。滝沢馬琴『南総里見八犬伝』には「老実」をあてた例がある。

③
上靴《スリッパー》の踵《かかと》を鳴《な》らして階段《はしごだん》を二《ふた》つ上《のぼ》り切《き》った時《とき》、

江戸時代にはオランダ語「muil（モイル）」が使われたという。ここでは、英語「slippers」をいわば意訳して「上靴」という漢字をあてている。

「上沓」があてられることもあった。

④ まだ海豹島《かいひょうとう》へ行《い》って膃肭臍《オットセイ》は打《う》って居《い》ない様《よう》であるが、

アイヌ語の「onnep」を中国で「膃肭」と音訳した。薬用にされたその臍帯《さいたい》が「膃肭臍」であった。室町期の辞書である『節用集』（伊京集）には「膃肭臍」の左振仮名に「ヲツトツサイ」とある。ちなみに右振仮名には「ハタカス」とあるが、「ハダカス」は現代では「サンショウウオ」を表わす方言。辞書には登録されていたが、実態は不分明だったか。

⑤ 新嘉坡《シンガポール》の護謨《ゴム》林栽培《りんさいばい》などは学生《がくせい》のうち既《すで》に目論《もくろ》んで

外国地名「シンガポール（Singapore）」に漢字「新嘉坡」をあてている。現代中国語では「新加坡（シン・チィア・ポー）」と書く。

第八節　『行人』（大正元年より連載開始）の難読漢字

扉コラム⑧　登場人物の苦悩は漱石自身の懊悩か

大正元（一九一二）年十二月六日から同二年十一月十五日まで、全一六七回にわたって、東京・大阪の『朝日新聞』に連載された。ただし、その間、東京朝日新聞でいえば、大正二年四月八日から九月十五日までに及ぶ長い休載期間がある。大正三年一月七日に、大倉書店から単行本が刊行されている。

『行人《こうじん》』は「友達」「兄」「帰ってから」「塵労」の四篇から成る。「帰ってから」執筆中の大正二年三月末に胃潰瘍《かいよう》が再発し、九月まで休載せざるを得なくなった。

登場人物の一人である学究肌の大学教授長野《ながの》一郎《いちろう》は、妻の直《なお》が自分で

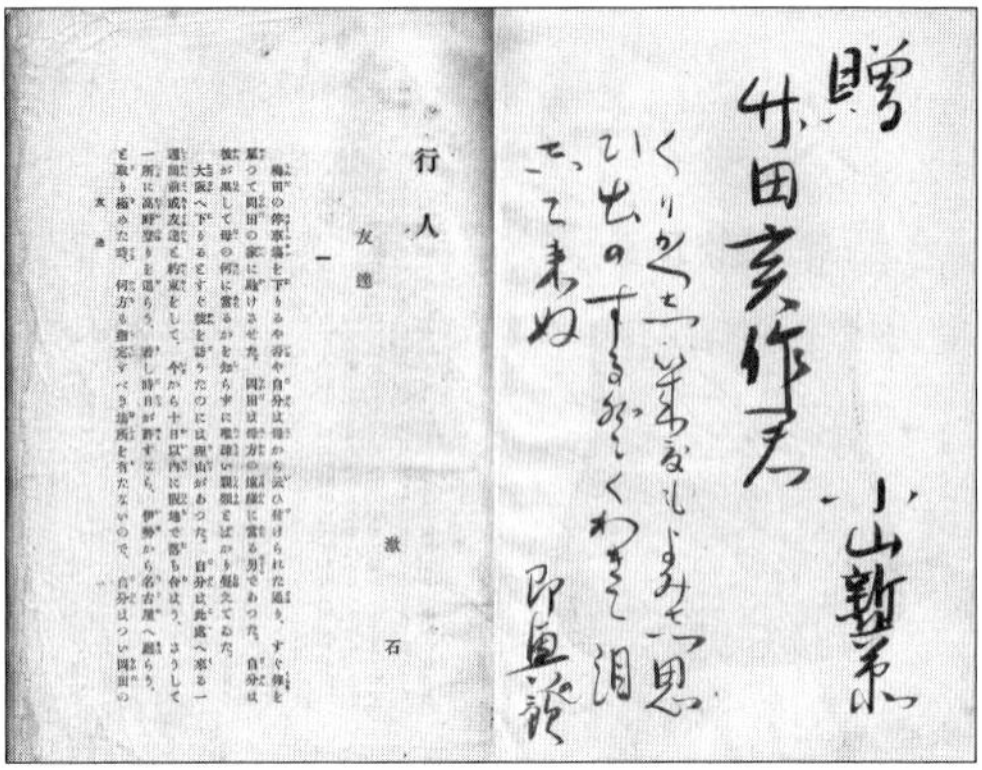

稿者所持の初版本には達筆の贈り書きがある。「贈　竹田亥作君／小山新兵衛／くりかへし幾度もよみし思ひ出のするどくわきて泪して来ぬ　即興の歌」とある。和歌をつけて本を贈り合う微笑ましき友情がうかがえる。

はなく、自分の弟の二郎《じろう》を愛しているのではないかという疑いにとらわれる。そして、その二郎に、

「直《なほ》の節操《せっさう》をお前《まへ》に試《ため》して貰《もら》ひたいのだ」（二〇三頁）

と頼む。二郎は結局和歌山へ嫂《あによめ》である直と一緒に出かけ、暴風雨のために、直と一緒に泊まることになってしまう。

直は二郎に向かって、

「大水《おほみづ》に攫《さら》はれるとか、雷火《らいくわ》に打《う》たれるとか、猛烈《まうれつ》な一息《いき》な死《しに》方《かた》がしたいんですもの」（二五四頁）

といい、「あなた今夜《こんや》は昂奮《かうふん》してゐる」という二郎に対して、

「妾《あたし》の方《はう》が貴方《あなた》より何《ど》の位《くらゐ》落《お》ち付《つ》いてゐるか知《し》れやしない。大《たい》抵《てい》の男《をとこ》は意氣地《いくぢ》なしね、いざとなると」（二五五頁）

という。

近代知識人の孤独と不安とを描いたと解説されることが多い。

★
①

停車場

※「場」は現在の漢字では「場」。「ていしゃば」すなわち「駅」を英語にすると

◉梅田《うめだ》の**停車場**《□□□□□》を下《お》りるや否《いな》や自分《じぶん》は母《はゝ》から云《い》ひ付《つ》けられた通《とほ》り、すぐ俥《くるま》を雇《やと》つて岡田《をかだ》の家《いへ》に馳《か》けさせた。

★★
②

薩張

※「今日の釣果《ちょうか》はさっ□りだァ」といえばマイナスの意味にもなる副詞。下の文ではプラスの意味

◉[…]住居《すまひ》は思《おも》つたよりも**薩張**《さつ□り》した新《あたら》しい普請《ふしん》であつた。

★★
③

徒事

※「悪戯」とも書きます。子どものそれなら可愛げがあるが、大人のそれは、ときに顰蹙《ひんしゅく》を買う

◉[…]大方《おほかた》たゞの**徒事**《□□□□》だらうと思《おも》つてゐた。

★★★
④

洋傘

※「ようがさ」でなく、ある動物の名前で四文字。傘をこういう呼び方する人、少なくなりました

◉お兼《かね》さんは格子《かうし》の前《まへ》で疊《たゝ》んだ**洋傘**《□□□□》を、小《ちひ》さい包《つゝみ》と一緒《しよ》に、脇《わき》の下《した》に抱《かゝ》へながら玄關《げんくわん》から勝手《かつて》の方《はう》に[…]

★★
⑤

燐寸

※これも最近使う人、見かけなくなりました。カタカナで三文字。「□□□箱」「□□□棒」

◉さうして**燐寸**《□□□》を擦《す》つて敷島《しきしま》へ火《ひ》を點《つ》けながら、[…]

答

① ステーシヨン【停車場】（ステーション） ◉行人【大正3年・初版】1頁

② さつぱり【薩張】（さっぱり） ◉同 4頁

③ いたづら【徒事】（いたずら） ◉同 6頁

④ かうもり【洋傘】（こうもり） ◉同 7頁

⑤ マツチ【燐寸】（マッチ） ◉同 16頁

A

◉《常用漢字・現代仮名遣い・振仮名》で味わう原文と解説

① 梅田《うめだ》の**停車場**《ステーション》を下《お》りるや否《いな》や

英語「station」は現在では「ステーション」という外来語とみるのが一般的と思われるが、明治期には「ステンション」や「スティシュン」もあり、「ステンシヨ」もあった。そして「ステンシヨ」の「シヨ」に「所」をあてることもあった。その一方で「テイシャバ」「テイシャジョウ」両語形があった。

② 住居《すまい》は思《おも》ったよりも**薩張**《さっぱり》した新《あたら》しい普請《ふしん》であった。

〈さわやかなさま〉を表現する副詞「サッパリ」に漢字「薩張」をあてている。漢字はあてにくい。『吾輩ハ猫デアル』では「瀟洒」をあてている（本書26頁参照）。

③ 大方《おおかた》ただの**徒事**《いたずら》だろうと思《おも》っていた。

漢字「徒」は古くから「イタヅラ」という訓をもっているので、「徒」一字のみでも「イタズラ」を書くことはできる。

④

格子《こうし》の前《まえ》で畳《たた》んだ洋傘《こうもり》を、

大学の授業で明治期に刊行された女学生向けの雑誌（『少女界』）を学生と読んでいて、「先生、『コウモリ（ガサ）』って何ですか？」と質問された時にはさすがに驚いた。

そう言われてみれば、「コウモリ」はもはや日常的に使う語ではなくなっているのかもしれない。伝統的な傘に対して、洋式の傘という意味合いであろう。

ここでは「コウモリ」に「洋傘」という漢字をあてている。日本画に対する洋画、日本の建築物に対して洋館など、同様の例は多い。

⑤

燐寸《マッチ》を擦《す》って敷島《しきしま》へ火《ひ》を点《つ》けながら、

「敷島」は一九〇四年（明治三十七年。日露戦争開戦の年）から一九四三年（昭和十八年）まで発売されていた国産高級タバコの銘柄。明治期には、英語「match」に、「摺附木」「早付木」などさまざまな漢字があてられていた。

第九節 『こゝろ』（大正三年より連載開始）の難読漢字

扉コラム⑨ 本のトータルデザインまでてがけた意欲作

『こゝろ』裏表紙の石鼓文

岩波版『漱石全集』表紙

大正三（一九一四）年四月二十日から八月十一日まで、全一一〇回にわたって、東京・大阪の『朝日新聞』に連載された。連載終了後の大正三年九月二十日に、岩波書店から単行本が出版された。

装幀は漱石が自らてがけている。「序」には、「装幀の事は今迄《まで》専門家にばかり依頼してゐたのだが、今度はふとした動機から自分で遣《や》つて見る氣《き》になつて、箱、表紙、見返し、扉《とびら》及び奥附《おくづけ》の模様及び題字、朱印、検印《けんいん》ともに、悉《ことごと》く自分で考案して自分で描いた。」とある。

箱、表紙、見返し、扉等の装幀原画は岩波書店に所蔵されており、二〇一三（平成二十五）年に東京藝術大学大学美術館で開催された「夏

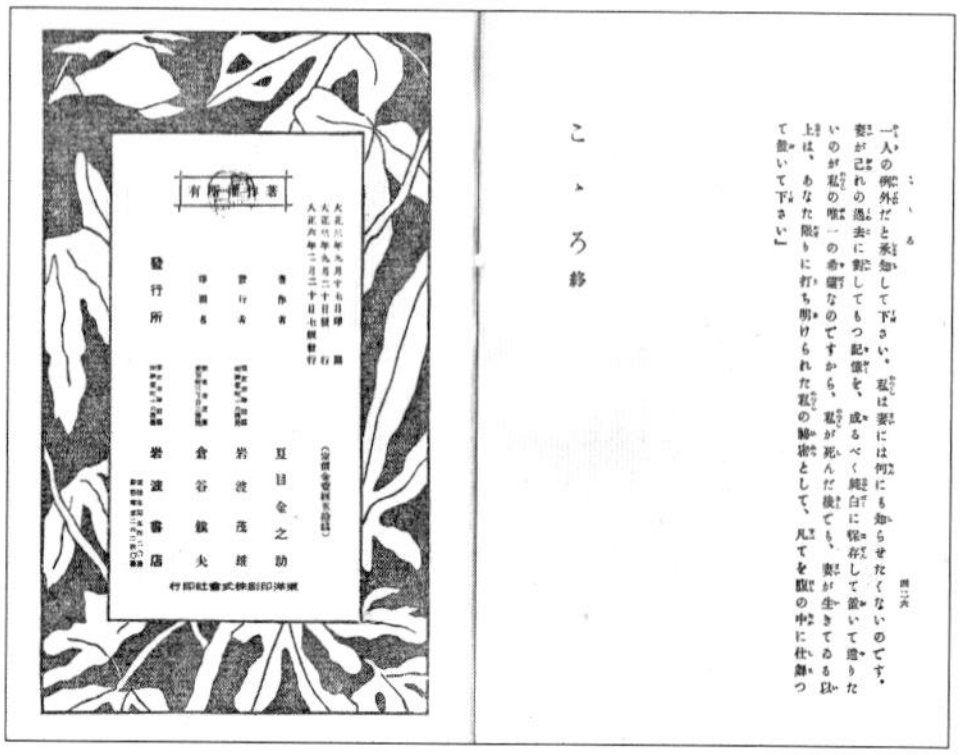
「一人の例外だと承知して下さい。私は妻には何にも知らせたくないのです。妻が己れの過去に對してもつ記憶を、成るべく純白に保存して置いて遣りたいのが私の唯一の希望なのですから、私が死んだ後でも、妻が生きてゐる以上は、あなた限りに打ち明けられた私の秘密として、凡てを腹の中に仕舞つて置いて下さい」

こゝろ終

著作權所有

大正三年九月十五日印刷
大正三年九月二十日發行
大正六年二月二十日七版發行

著作者　夏目金之助
發行者　岩波茂雄
印刷者　倉谷鐵夫
發行所　岩波書店

東洋印刷株式會社印行

『こゝろ』本文最終頁は先生の遺書もろとも小説自体が「あなた限《かぎ》りに打《う》ち明《あ》けられた私《わたくし》の秘密《ひみつ》として、凡《すべ》てを腹《はら》の中《なか》に仕舞《しま》って置《お》いて下《くだ》さい」のくだりで終わっている。違和感を抱く読者を想定してか、「こゝろ終」の文字がこころなしか大きく見える。奥付には「大正六年二月二十日七版發行」とある。

目漱石の美術世界展」において展示されたものを稿者も見ることができた。表紙の石鼓文《せっこぶん》は中国に赴任していた橋本貢から送られてきた拓本《たくほん》をもとにしたものだという。岩波書店から現在出版されている『漱石全集』の表紙はこの『こゝろ』の表紙に倣《なら》ってデザインされている（前頁参照）。

作品は「上　先生と私」「中　両親と私」「下　先生と遺書」の三つに分かれている。登場人物の一人である「私」は、大学を卒業して帰省するが、上京しようとする直前に父の持病が悪化して危篤状態になる。そこに「先生」からの手紙が届き、それが遺書だとわかった「私」は家を飛び出し、「東京行《とうきやうゆき》の汽車《きしや》に飛《と》び乗《の》」（二二二頁）る。ここで「中」が終わり「下」は「先生」の長大な遺書で、遺書が終わったところで作品も終わる（上図参照）。

つまり「私」が汽車に乗り、その車中で「先生」の遺書を読む場面で物語が途切れるようにテキストが終わってしまう。漱石は「『小説』の実験をしていた」という石原千秋氏の指摘がある。

問

★★★

①

機會

※現在の漢字では「機会」。「きかい」という音読みでなく和語で三文字「は□み」

★

②

刺戟

※「戟」字は現代では別字に書き改められています。こうした表記法の改変が結果として近代と現代とを断絶させている?

★★

③

交際

※「あいつ、所帯持ってから、なんか□□□□悪くなったよなァ」「恐妻家だから、ああ見えて」

★

④

眞面目

※「しんめんもく（ぼく）」以外の読みで。三文字

★★

⑤

冷評（し）

※下の原文では動詞と名詞と送り仮名を変えて登場（読みは一緒）。四文字「ひや□し」

◉私《わたくし》は不圖《ふと》した**機會**《は□み》から其《その》一軒《けん》の方《はう》に行《ゆ》き慣《な》れてゐた。

◉さうして其上《そのうへ》に彩《いろど》られる大都會《だいとくわい》の空氣《くうき》が、記憶《きおく》の復活《ふくくわつ》に伴《ともな》ふ強《つよ》い**刺戟**《□□□》と共《とも》に、濃《こ》く私《わたくし》の心《こゝろ》を染付《そめつ》けた。

◉私《わたくし》は全《まつた》くそのために先生《せんせい》と人間《にんげん》らしい溫《あたゝ》かい**交際**《□□□□》が出來《でき》たのだと思《おも》ふ。

◉けれども先生《せんせい》の態度《たいど》の**眞面目**《□□□》であつたのと、調子《てうし》の沈《しづ》んでゐたのとは、今《いま》だに記憶《きおく》に殘《のこ》つてゐる。

◉『君《きみ》は今《いま》あの男《をとこ》と女《をんな》を見《み》て、**冷評し**《ひや□》ましたね。あの**冷評**《ひや□し》のうちには君《きみ》が戀《こひ》を求《もと》めながら相手《あひて》を得《え》られないといふ不快《ふくわい》の聲《こゑ》が交《まじ》つて居《ゐ》ませう』

答

①はづみ【機會】（はずみ）

◉こゝろ【大正6年・第7版】4頁

②しげき【刺戟】

◉同 14頁

③つきあひ【交際】（つきあい）

◉同 24頁

④まじめ【眞面目】

◉同 37頁

⑤ひやか・し【冷評（し）】

◉同 46頁

A

◉《常用漢字・現代仮名遣い・振仮名》で味わう原文と解説

① 私《わたくし》は不図《ふと》した**機会**《はずみ》から其一軒《そのいっけん》の方《ほう》に行《ゆ》き慣《な》れていた。

「ハズミ」は〈なりゆき・きっかけ〉という語義をもつ。明治期には、この「ハズミ」に、「キカイ（機会）」という漢語に使う漢字をあてることが少なくなかった。「機」一字で「ハズミ」を書くこともある。

② 強《つよ》い**刺戟**《しげき》と共《とも》に、濃《こ》く私《わたくし》の心《こころ》を染《そ》め付《つ》けた。

漢語「シゲキ」は「刺戟」と書くことが多かったが、常用漢字表に「戟」字が採られていないために、現在では「刺激」と書く。ただしこの書き方が存在していなかったわけではなく、『言海』は普通用の漢字として「刺激」を掲げている。

③ 先生《せんせい》と人間《にんげん》らしい温《あたた》かい**交際**《つきあい》が出来《でき》たのだと思《おも》う。

漢語「コウサイ（交際）」は明治初期には〈国と国とのつきあい〉の語義でよく使われる語であった。漱石も漢語「コウサイ（交際）」を使っている。ここでは「ツキアイ」と語義の重なり合いがある漢語「コウサイ」に使う漢字をあてている。『言海』は普通用の漢字として「付合」を掲げている。

④ **先生《せんせい》の態度《たいど》の真面目《まじめ》であったのと、**

漢語「シンメンモク（真面目）」に使う漢字を「マジメ」にあてたものであるが、現在もよく使われている。むしろ漢語「シンメンモク（ボク）」が意識されなくなっているかもしれない。坪内逍遙《つぼうちしょうよう》は『小説神髄』上巻において「マジメ」に「眞實（真実）」という漢字をあてている。

⑤ **冷評《ひやか》しましたね。あの冷評《ひやかし》のうちには君《きみ》が恋《こい》を求《もと》めながら**

「カス」は「チラカス（散）」のように使われる接尾辞であるので、「ヒヤカス」という語は「冷」一字で書くこともでき、実際そのように書いた例もある。ここでは〈冷淡な批評〉という語義をもつ漢語「レイヒョウ（冷評）」に使う漢字をあてている。ということは、同じような語義をもつ別の漢語に使う漢字によって書くこともできるということである。

第二部　鷗外作品の漢字表記を味わう

森軍医殿、その漢字の読み、
味わい深くて眩暈がします。

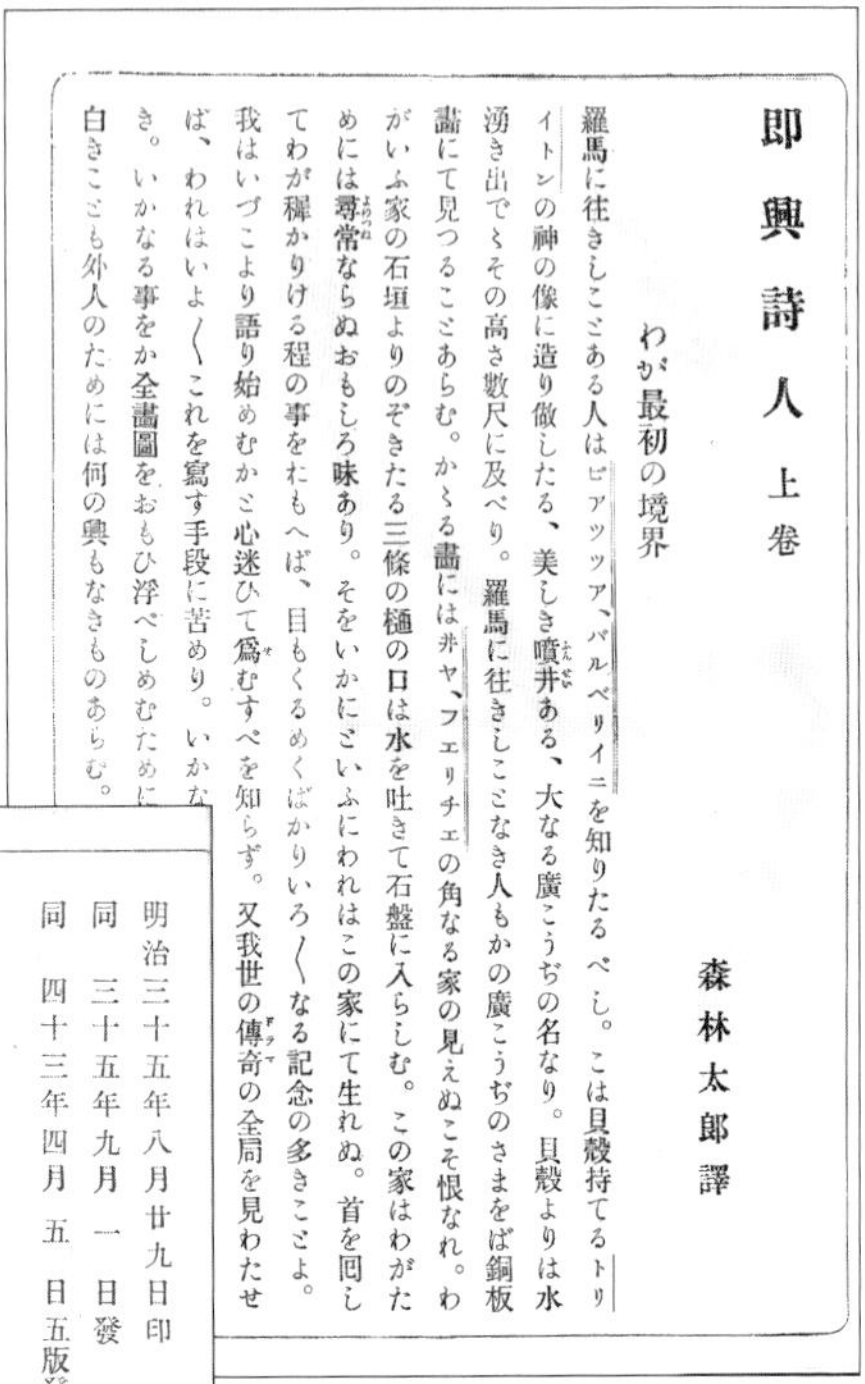
即興詩人 上卷

森林太郎譯

わが最初の境界

羅馬に往きしことある人はピアッツア、バルベリイニを知りたるべし。こは貝殻持てるトリイトンの神の像に造り做したる、美しき噴井《ふんせい》ある、大なる廣こうぢの名なり。貝殻よりは水湧き出でゝその高さ數尺に及べり。羅馬に往きしことなき人もかの廣こうぢのさまをば銅板畫にて見つることあらむ。かゝる畫にはヸア、フエリチエの角なる家の見えぬこそ恨なれ。わがいふ家の石垣よりのぞきたる三條の樋の口は水を吐きて石盤に入らしむ。この家はわがためには尋常《よのつね》ならぬおもしろ味あり。そをいかにといふにわれはこの家にて生れぬ。首を回してわが穉かりける程の事をおもへば、目もくるめくばかりいろ／＼なる記念の多きことよ。我はいづこより語り始めむかと心迷ひて爲《せ》むすべを知らず。又我世の傳奇《ドラマ》の全局を見わたせば、われはいよ／＼これを寫す手段に苦めり。いかな
き。いかなる事をか全畫圖をおもひ浮べしめむために
白きことも外人のためには何の興もなきものあらむ。

『即興詩人』の冒頭頁。
訳者名は「森 林太郎」。

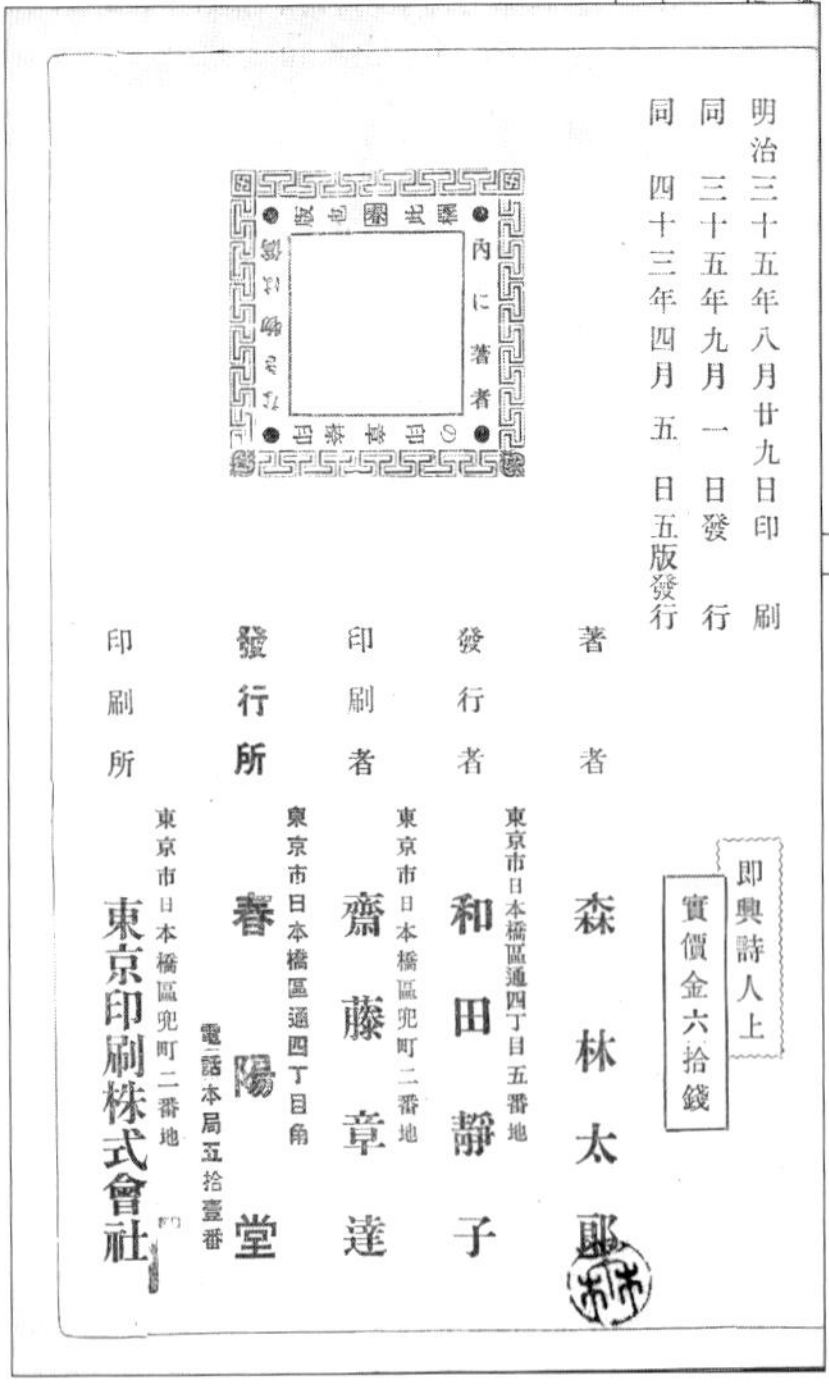
明治三十五年八月廿九日印刷
同　三十五年九月一日發行
同　四十三年四月五日五版發行

即興詩人上
實價金六拾錢

著者　森林太郎

發行者　東京市日本橋區通四丁目五番地　和田靜子

印刷者　東京市日本橋區兜町二番地　齋藤章達

發行所　東京市日本橋區通四丁目角　電話本局五拾壹番　春陽堂

印刷所　東京市日本橋區兜町二番地　東京印刷株式會社

「森」の捺印つきの『即興詩人』上巻第五版の奥付。上にわざわざ検印の欄がデザインされて設けてあるにもかかわらず、なぜかそこに捺さずに、自分の名前の下に捺印している。著者名の右には「実価金六十銭」とある。

第十節

『即興詩人』(明治二十五年より連載開始)の難読漢字

扉コラム① 訳了に十年、多忙な軍医の〝文づかひ〟

明治二十五(一八九二)年九月十日に森鷗外は『即興詩人』の翻訳を始める。できあがった翻訳は鷗外が主宰する雑誌『柵草紙《しがらみそうし》』の明治二十五年十一月号以降の号に掲載されていった。

鷗外は明治二十七年から始まった「日清戦争」に第二軍兵站《へいたん》軍医部長として従軍したために、二十七年八月、通巻第五十九号で『柵草紙』は廃刊になる。以後は『めさまし草』誌上に訳文が発表され、明治三十四年二月号に最終回の訳文が掲載され、翻訳が完了する。鷗外の『小倉日記』の明治三十四年一月十五日の条には「微雨。夜即興詩人を訳し畢《おわ》る」と記されている。

明治三十五年九月一日に春陽堂から単行本（上下二巻）として刊行される。この単行本は通常より大きな四号活字で組み版されているが、そのことについて鷗外は、「例言」において「年老い目力衰《おとろえ》へ」た自らの母のためと記している。

原作は、日本では『絵のない絵本』『人魚姫』などの作品で知られるアンデルセン（Hans Christian Andersen）（一八〇五〜一八七五）。鷗外はドイツ留学時にすでにこの作品にふれていたと思われる。

『即興詩人』が同時代及び後に続く文学に影響を与えたことがこれまでさまざまに指摘されている。上田敏《びん》は明治四十一年三月二十二日に、ナポリから「ナポリのけしきよき事かねての想象《ママ》以上に候カプリの洞またおもしろしこのあたりすべて『即興詩人』を読む如くに候」という絵はがきを森鷗外あてに出している。また、ユゴーの『ノートルダム・ド・パリ』の尾崎紅葉名義の訳（実際は伊藤重次郎とされる）『鐘楼守《しゅろうもり》』は『即興詩人』に触発されたものといわれている。現在は安野光雅による『口語訳即興詩人』（二〇一〇年、山川出版社）も刊行されている。

★★
①
早晩

※「そうばん」以外の読みで。同音異義語（＝駄洒落）ヒント。「みっか、よっか、□□□」

◉僧《そう》は唱《とな》へ畢《おわ》りていふやう。われも**早晩**《□□□》こゝに眠らむ。

★★
②
活計

※「かっけい」以外の読みで。働いても「わが□□□」が楽にならなかった啄木《たくぼく》はぢっと手を見た

◉母上は未亡人なりき。**活計**《□□□》を立つるには、鍼《はり》仕事して得給《えたま》ふ銭《ぜに》と、［…］

★★★
③
綽號

※これで呼び合うのは仲良しの証拠。「綽名」「渾名」とも。三文字。「あ□□」

◉悪人《あくにん》ペッポといふも西班牙《スパニャ》磴《いしだん》の王といふも皆その人の**綽號**《あ□□》なりき。

★
④
眩暈

※この部の副題にも使われている。湯上がり時にもなるが、病気の兆候でもあるので要注意

◉これより後の事は知らず。我は氣《き》を喪《うしな》ひき。人あまた集《つど》ひて、鬱陶《うっとう》しくなりたるに、我《わが》空想の燃え上《あが》りたるや、この**眩暈**《め□□》のもとなりけむ。

★★
⑤
怜悧げ

※「れいり・げ」にあらず。現代の辞書なら「賢しげ」と表記する和語。すなわち「□□しげ」

◉［…］をさなくて又《また》**怜悧**《□□》**げ**《し》なる顔《かお》、美しき紅葉のやうなる手などを［…］

答

① いつか【早晩】 ◉即興詩人【明治43年・第5版】 4頁

② くらし【活計】 ◉同 5頁

③ あだな【綽號】 ◉同 7頁

④ めまひ【眩暈】（めまい） ◉同 20頁

⑤ さかし・げ【怜悧げ】 ◉同 21頁

A

◉《常用漢字・現代仮名遣い・振仮名》で味わう原文と解説

①　われも**早晩**《いつか》ここに眠《ねむ》らむ。

「イッカ」に、漢語「ソウバン（早晩）」に使う漢字をあてている。十二世紀に成立した辞書『色葉字類抄《いろはじるいしょう》』に「早晩　イッカ」とあるところからすれば、「イッカ」と「早晩」との結びつきの発生は、その頃以前に遡《さかのぼ》ることができる。

②　**活計**《くらし》を立《た》つるには、鍼仕事《はりしごと》して得給《えたま》う銭《ぜに》と、

漢語「カッケイ（活計）」には〈くらしむき・生計〉という語義がある。十世紀の初め頃に成立した『古今和歌集』の真名序《まなじょ》（＝漢文で書かれた序文）にも使われているので、比較的早い時期から使われていた漢語と思われる。「クラシ」に「活計」をあてる例は明治期には多い。

③　皆《みな》その人《ひと》の**綽号**《あだな》なりき。

漢語「シャクゴウ（綽号）」は〈あだ名〉という語義をもつ。現代中国語においても、

「绰号（チュオ・ハオ）」は〈あだ名・ニックネーム〉という語義で使われている。

④ この眩暈《めまい》のもとなりけむ。

「メマイ」は「メ（目）」が「マウ（舞）」ということで、「目舞」と書かれることもある。明治三十六（一九〇三）年に『読売新聞』に連載が始まった小杉天外『魔風恋風』前編には「卒倒《めまは》したり何《なん》かした後《あと》ですもの」（七十二頁）とある。『言海』は普通用の漢字として「眩暈」を掲げているので、明治期においては、この書き方はそれほど特殊ではなかったと思われる。

⑤ おさなくて又《また》怜悧《さかし》げなる顔《かお》、

漢語「レイリ（怜悧）」は〈賢いこと〉という語義をもつ。明治期には漢語「リコウ（利口）」に「怜悧」をあてることも少なからずあった。

第十一節　『青年』（明治四十三年より連載開始）の難読漢字

扉コラム②　文豪は文豪から刺激を受けたか

『青年』は、明治四十三（一九一〇）年三月から翌年八月まで、十八回にわたって『スバル』に掲載された。

『青年』の執筆に関して鷗外は日記に何も記していないが、明治四十一年十二月二十九日まで『朝日新聞』に連載された、夏目漱石の『三四郎』が鷗外に「刺激」を与えたであろうと考えられている。

また、明治四十二年十一月付けの池辺三山《いけべさんざん》あての書簡では、漱石が、連載中の泉鏡花『白鷺《しらさぎ》』の後の『朝日新聞』連載小説を鷗外に依頼したいと考えていたことがわかる。

『青年』は、作家を志望して上京してきた純情で知的な好青年小泉純《こいずみじゅん》

『青年』の表紙見返し挿絵

一《いち》を主人公としている。作品の終わりちかくには、主人公が「國《くに》の亡《な》くなつたお祖母《ばば》あさんが話《はな》して聞《きか》せた傳說《でんせつ》」（三〇九頁）を主題にしたものを書こうとするくだりがあり、これを、鷗外が後に書く「歴史小説」と結びつけるみかたもある。

作品冒頭では、小泉純一が「東京方眼圖《（ず）》を片手に」人に道を尋《たず》ねる場面が描かれているが、この「東京方眼図」は森鷗外が考案したもの。

単行本は大正二年二月十日に籾山《もみやま》書店から出版された。装幀は橋口五葉で、明治四十四年から籾山書店が企画した、この『青年』や永井荷風『すみだ川』（本書第二十九節参照）を含む、叢書二十四点は、統一したデザインで出版され、「胡蝶《こちょう》本」と呼ばれる。「胡蝶本」がほぼ揃ったセットを古書展でみたことがあるが、壮観だった。

問

★★
①
雛

※「ひな」でなく「ひ□□」

◉［…］色《いろ》の白《しろ》い、卵《たまご》から孵《かへ》つたばかりの雛《ひ□□》のやうな目《め》をしてゐる青年《せいねん》である。

★★
②
態々

※もちろん「たいたい」ではないです。こんなクイズに「□ざ□ざ」しているくらいですから

◉國《くに》から態々《□ざ〳〵》逢《あ》ひに出《で》て來《き》た大石《おほいし》といふ男《をとこ》を、純一《じゆんいち》は頭《あたま》の中《なか》で、［…］

★★★
③
竦めて

※□□めるものとしては首なども。西洋人がお手上げ状態の時に□□めるのは肩です

◉［…］手拭《てぬぐひ》の鉢巻《はちまき》をした小娘《こむすめ》が腰《こし》を掛《か》けて、寒《さむ》さうに體《からだ》を竦《□□》めてゐる。

★★
④
洗濯

※「せんたく」ですでにニアピン。洗濯したてのシャツにシミを付けるがごとく、濁点（゛）をどこかに付けるか選択する問題

◉亭主《ていしゆ》が苦情《くじやう》を言《い》ひに來《き》た處《ところ》が、もう洗濯《□ん□く》をしても好《い》い頃《ころ》だと、あべこべに叱《しか》つて恐《おそ》れ入《い》らせたさうだ。

★★
⑤
爲合せ

※「爲＝為」ですが、「ためあわせ」ぢゃダメでせう。君といる時が一番□□□せなのは加山雄三氏

◉さういふ事《こと》をお話《はなし》なすつて下《くだ》さると我々《われ〳〵》青年《せいねん》は爲合《□□□》せなのですが。

答

①ひよこ【雛】 ◉青年【大正2年・初版】4頁

②わざ〳〵【態々】(わざわざ) ◉同6頁

③すく・めて【竦めて】 ◉同7頁

④せんだく【洗濯】 ◉同16頁

⑤しあは・せ【爲合せ】(しあわ・せ) ◉同20頁

A

◉《常用漢字・現代仮名遣い・振仮名》で味わう原文と解説

① **卵《たまご》から孵《かえ》ったばかりの雛《ひよこ》のような目《め》をしている青年《せいねん》**

常用漢字表に「雛」は載せられていないが、通常は「ヒナ」という訓と結びつく。「ヒヨコ」は特別な語ではないが、漢字では書きにくい。結局、このように、語義の重なり合いにたよって、少しスライドさせて書くしかない。振仮名の支えがないと「雛」が「ヒヨコ」という語を書いているとは（語義がちかいだけにかえって）わかりにくい。そういう意味合いで「難読」。

② **国《くに》から態々《わざわざ》逢《あ》いに出《で》て来《き》た大石《おおいし》という男《おとこ》を、**

「態」字と「ワザ（ト）」は古くから結びついていたので、その結びつきに基づいて「ワザワザ」に「態々」をあてている（ちなみに、「々」は漢字ではなく、漢字一字分にあてる繰り返し符号）。

③ **寒《さむ》そうに体《からだ》を竦《すく》めている。**

「竦」字の字義は〈つつしむ〉で、そこから〈おそれる・すくむ〉という字義をもつにいたった。したがって、「スクメル」に「竦」をあてることにどこもかわったところはない。しかし、「竦」字自体が現代日本語の言語生活で使われることが少なそうで、「竦」字を含んだ漢語は〈ぞっとするさま〉という語義の「ショウゼン（竦然）」を使うぐらいであろう。こういう漢字は読みにくくなっていく。

④ **もう洗濯《せんだく》をしても好《い》い頃《ころ》だ**

「洗濯」のどこが難読だと思った人がいると思う。現在「センタク」と発音している語は、明治期までは「センダク」と発音していた。十六世紀にイエズス会の宣教師がつくった天草版『エソポのファブラス』（イソップ寓話）には「xendacu」とアルファベットで書かれている。

⑤ **我々《われわれ》青年《せいねん》は為《し》合《あわ》せなのですが。**

「シアワセ」はもとは〈めぐりあわせ〉という語義で、いいこととは限らなかった。「為合せ」はそのことを思わせる書き方。「シアワセ」に漢字「幸（せ）」をあてることが一般化するのは、「シアワセ」の語義がいいことに傾いてからのことと思われる。

第十二節　『雁』（明治四十四年より連載開始）の難読漢字

扉コラム③　象徴としての「雁」登場は連載終盤

明治四十四（一九一一）年九月の『スバル』第三年第九号から大正二年五月、第五年第五号まで、「貳拾壱《にじゅういち》」（二十一）までが断続的に掲載された。物語の結末ともいえる「貳拾貳《にじゅうに》」（二十二）から「貳拾肆《じゅうし》」（二十四）までは単行本（大正四年五月十五日、籾山書店）刊行の際に書き加えられた。

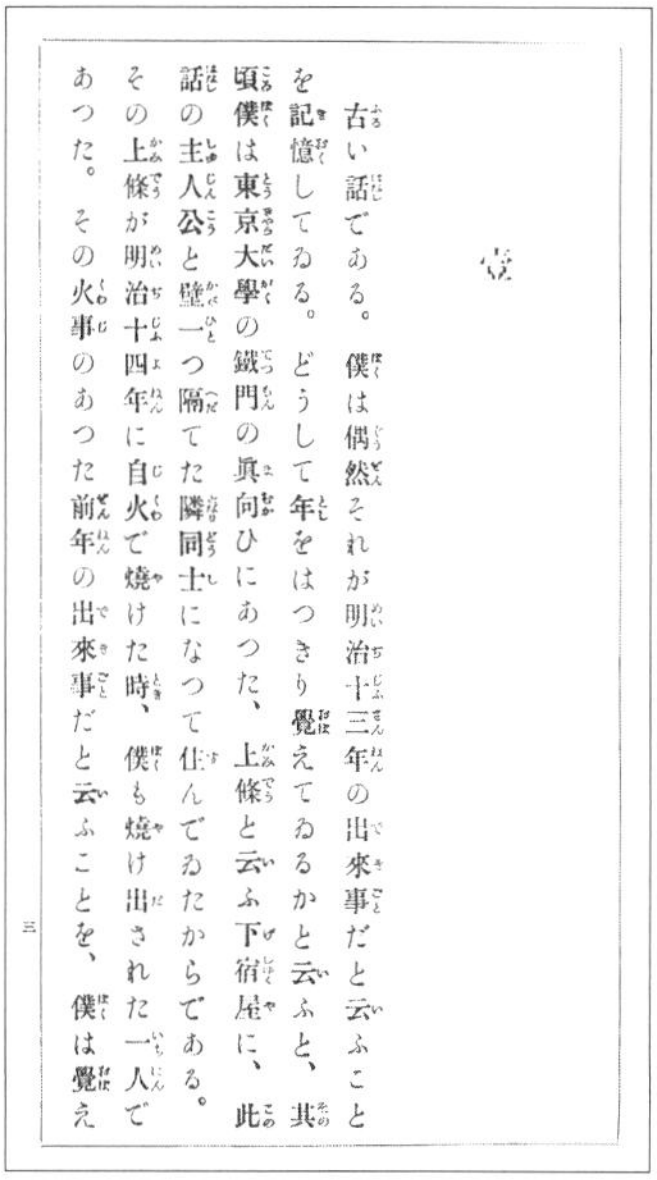
壹

古《ふる》い話《はなし》である。僕《ぼく》は偶然《ぐうぜん》それが明治《めいぢ》十三《じふさん》年《ねん》の出來事《できごと》だと云《い》ふことを記憶《きおく》してゐる。どうして年《とし》をはつきり覺《おぼ》えてゐるかと云《い》ふと、其《その》頃《ころ》僕《ぼく》は東京《とうきやう》大學《だいがく》の鐵門《てつもん》の眞向《まむか》ひにあつた、上條《かみでう》と云《い》ふ下宿屋《げしゆくや》に、此《この》話《はなし》の主人公《しゆじんこう》と壁《かべ》一《ひと》つ隔《へだ》てた隣《となり》同士《どうし》になつて住《す》んでゐたからである。その上條《かみでう》が明治《めいぢ》十四《じふよ》年《ねん》に自火《じくわ》で燒《や》けた時《とき》、僕《ぼく》も燒《や》け出《だ》された一人《いちにん》であつた。その火事《くわじ》のあつた前年《ぜんねん》の出來事《できごと》だと云《い》ふことを、僕《ぼく》は覺《おぼ》え

三

『雁』初版の冒頭頁

登場人物の一人である岡田《おかだ》が、逃がそうと思って投げた石が当たって雁《がん》が死んでしまうという、題名の由来ともいえる場面は、「貳拾貳」にあるので、『スバル』の読者は、この作品がなぜ『雁』

籾山書店版の『雁』には横山大観による口絵が載録されている。そこはかとない寂寥感が漂う絵だが、この鳥が雁には見えないという意見もある。

というタイトルであるのかがわからないままだったことになる。

この「貳拾貳」は車の輪の釘《くぎ》が一本抜けていたために、それに乗って出た百姓の息子が種々の難儀にあう、という「釘一本」の話から始まる。『雁』においては「偶然」がいろいろなかたちで作品の展開に関わるが、「釘一本」の話もそうした偶然と呼応する話題にみえる。

「伍」（五）では高利貸しの末造《すえぞう》がお玉《たま》を住まわせる家を探す場面があるが、「その頃《ころ》名高《なだか》かつた蕎麥屋《そばや》の蓮玉庵《れんぎょくあん》」（三十七頁）というくだりがある。この蕎麦屋蓮玉庵（創業安政六年）は現在も台東区上野二丁目にある。

横山大観の描く雁の図が口絵とされている（上図）。表紙の色が赤いものと青いものと二種類がある。

鷗外は『スバル』に『雁』を連載し始めた明治四十四年の十月には、『三田文学』誌上で『灰燼《かいじん》』の連載も始める。したがって、鷗外はこの時期、二つの長編小説を並行して書き進めていたことになる。

★★★

①

號砲

※現在の漢字では「号砲」。「ごうほう」以外の読みで

◉誰《だれ》でも時計《とけい》を**號砲**《□□》に合《あは》せることを忘《わす》れた時《とき》には岡田《をかだ》の部屋《へや》へ問《と》ひに行《ゆ》く。

★

②

萬年青

※現在の漢字では「万年青」。植物の名。「お□□」

◉その窓《まど》の障子《しやうじ》が一尺《いつしやく》ばかり明《あ》いてゐて、卵《たまご》の殻《から》を伏《ふ》せた**萬年青**《お□□》の鉢《はち》が見《み》えてゐる。

★

③

漆喰

※原文の「塗り込んで」から考えて。瓦などを固めるために塗り込むもの

◉灰色《はひいろ》の瓦《かはら》を**漆喰**《し□く□》で塗《ぬ》り込《こ》んで、碁盤《ごばん》の目《め》のやうにした壁《かべ》の所々《ところ〴〵》に、[…]

★★★

④

慊く

※ヒント「春、夏、冬」。足らないのは？「□□たらない」

◉それが高利貸《かうりかし》で成功《せいこう》して、池《いけ》の端《はた》へ越《こ》してから後《のち》に、醜《みにく》い、口《くち》やかましい女房《にようばう》を**慊**《□□□□》**く**思《おも》ふやうになつた。

★

⑤

底止

※普通に音読みで

◉空想《くうさう》は縦横《じゆうわう》に馳騁《ちへい》して、**底止**《□□□》する所《ところ》を知《し》らない。

答

① どん【號砲】 ◉雁【大正4年・初版】7頁

② おもと【萬年青】 ◉同18頁

③ しつくひ【漆喰】（しっくい） ◉同25頁

④ あきたらな・く【慊く】 ◉同28頁

⑤ ていし【底止】 ◉同44頁

A

◉《常用漢字・現代仮名遣い・振仮名》で味わう原文と解説

① 誰《だれ》でも時計《とけい》を**号砲**《どん》に合《あ》わせることを忘《わす》れた時《とき》には

ここでは、「ドン」に「号砲」という漢字をあてている。「ドン」は擬音語であるが、その語義を漢字によって示しているとみることができる。したがって、いろいろな語義の示し方があるのは当然で、そうすると書き方も複数あっても当然ということになる。

② 卵《たまご》の殻《から》を伏《ふ》せた**万年青**《おもと》の鉢《はち》が見《み》えている。

植物名の「オモト」に漢字「万年青」をあてている。江戸時代から観賞用に栽培され、明治期にも栽培が流行した。江戸期にはおもに大名によって栽培されていたが、明治期にはその流行が富裕層にひろがったといわれている。江戸期、明治期ともに万年青に関する書籍が多数出版されている。

③ 灰色《はいいろ》の瓦《かわら》を**漆喰**《しっくい》で塗《ぬ》り込《こ》んで、

「シックイ」は「石灰」を唐音で読んだ時の発音。消石灰（水酸化カルシウム）に、ふのりなどを練り合わせたもので、壁や天井などの塗料に用いる。室町時代に成立した辞書『節用集』には「漆膠　シツクイ」とある。『言海』は普通用の漢字として「漆喰」を掲げている。

④ 口《くち》やかましい女房《にょうぼう》を**慊く**《あきたらな》思《おも》うようになった。

〈満足する〉という語義をもつ「アキタル（飽足）」の否定形が「アキタラナイ」。「慊」字は〈不満に思う〉という字義をもつが、この字を使った漢語は現代ではほとんど使われないために、難読といえる。

⑤ 空想《くうそう》は縦横《じゅうおう》に馳聘《ちへい》して、**底止**《ていし》する所《ところ》を知《し》らない。

漢語「テイシ（底止）」は〈行きつく所まで行きついて止まること〉という語義をもつが、この漢語自体が現在はほとんど使われていない。

第十三節　『高瀬舟』（大正五年に発表）の難読漢字

扉コラム④　「財産」観念と「安楽死」を問う鷗外晩年の短編

単行本『高瀬舟』は、大正三（一九一四）年十二月から大正四年末までの一年間に書かれた九編の作品に「曽我兄弟」「女がた」二つの脚本を合わせて、大正七年二月十五日に春陽堂から刊行されている。教科書に載せられることが多い「最後の一句」や「山椒大夫」も収められている。

初版は一円二十銭で発売されているが、稿者の所持する、大正七年四月八日に刊行された第三版は、定価の欄に紙を貼り、一円八十銭となっているので、初版と比べると六十銭値上がりしていることになる。

「高瀬舟」は大正五（一九一六）年一月に『中央公論』に発表されている。

単行本には「高瀬舟縁起」なる一文が附されており、それによると鷗外は江戸時代の随筆『翁草《おきなぐさ》』に素材を求めたといわれる。

そして鷗外は、「二つの大きい問題」として、「財産」の観念と「ユウタナジイ」（二十五頁）とがあると記す。「ユウタナジイ」はフランス語「euthanasie」で現在いうところの〈安楽死〉である。「アンラクシ」という語はずっと後になって使われ始めている。

「高瀬舟《たかせぶね》は京都《きやうと》の高瀬川《たかせがは》を上下《じやうげ》する小舟《こぶね》である」（二頁）という一文から作品は始まり、「次第《しだい》に更《ふ》けて行《ゆ》く朧夜《おぼろよ》に、沈黙《ちんもく》の人二人《ひとふたり》を載《の》せた高瀬舟《たかせぶね》は、黒《くろ》い水《みづ》の面《おもて》をすべつて行《い》つた」（二十二頁）という一文で終わる。印象深い短編といえよう。

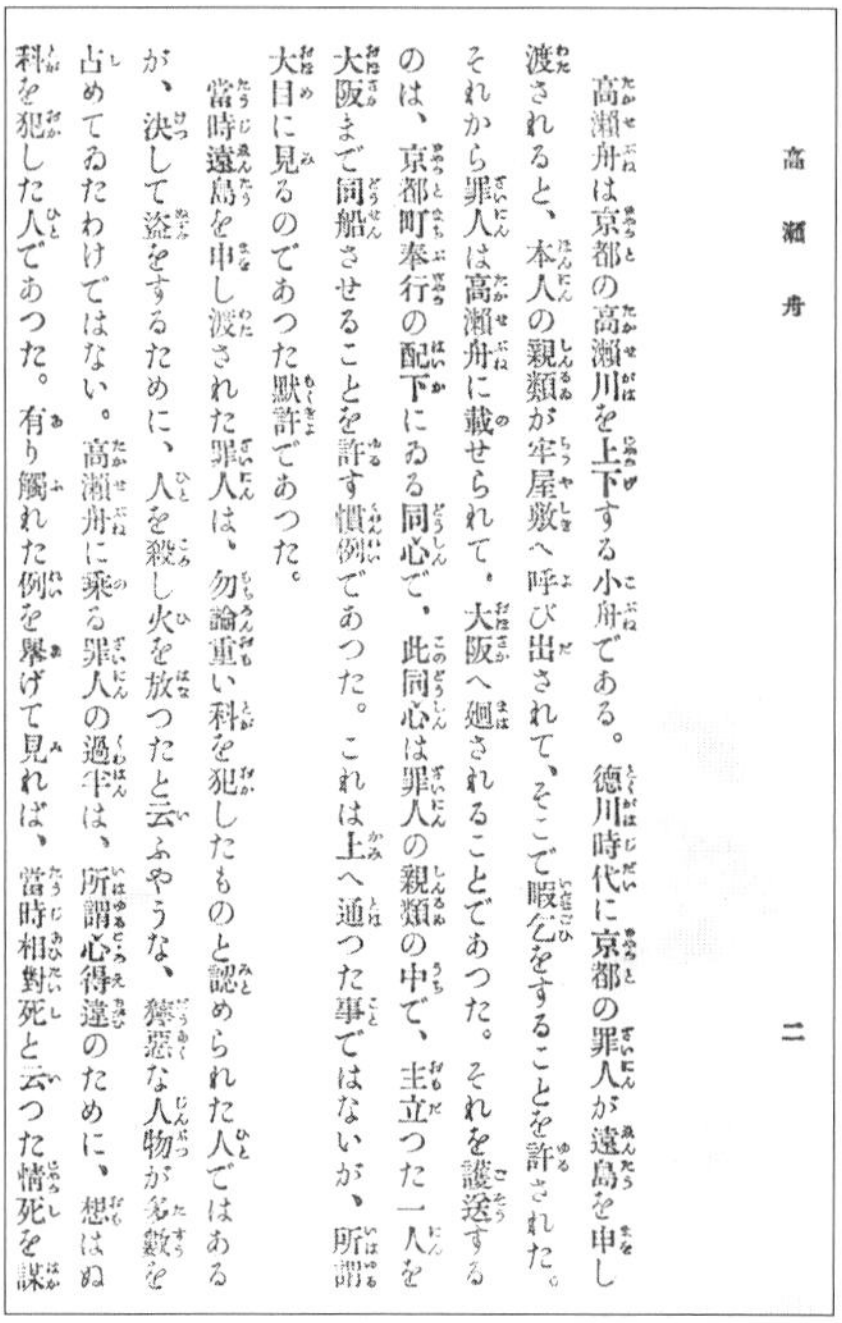
高瀬舟　二

高瀬舟《たかせぶね》は京都《きやうと》の高瀬川《たかせがは》を上下《じやうげ》する小舟《こぶね》である。徳川時代《とくがはじだい》に京都《きやうと》の罪人《ざいにん》が遠島《ゑんたう》を申《まを》し渡《わた》されると、本人《ほんにん》の親類《しんるゐ》が牢屋敷《らうやしき》へ呼《よ》び出《だ》されて、そこで暇乞《いとまごひ》をすることを許《ゆる》された。それから罪人《ざいにん》は高瀬舟《たかせぶね》に載《の》せられて、大阪《おほさか》へ廻《まは》されることであつた。それを護送《ごそう》するのは、京都町奉行《きやうとまちぶぎやう》の配下《はいか》にゐる同心《どうしん》で、此同心《このどうしん》は罪人《ざいにん》の親類《しんるゐ》の中《うち》で、主立《おもだ》つた一人《にん》を大阪《おほさか》まで同船《どうせん》させることを許《ゆる》す慣例《くわんれい》であつた。これは上《かみ》へ通《とほ》つた事《こと》ではないが、所謂《いはゆる》大目《おほめ》に見《み》るのであつた黙許《もくきよ》であつた。

當時遠島《たうじゑんたう》を申《まを》し渡《わた》された罪人《ざいにん》は、勿論重《もちろんおも》い科《とが》を犯《をか》したものと認《みと》められた人《ひと》ではあるが、決《けつ》して盗《ぬすみ》をするために、人《ひと》を殺《ころ》し火《ひ》を放《はな》つたと云《い》ふやうな、獰悪《だうあく》な人物《じんぶつ》が多数《たすう》を占《し》めてゐたわけではない。高瀬舟《たかせぶね》に乗《の》る罪人《ざいにん》の過半《くわはん》は、所謂心得違《いはゆるこころえちがひ》のために、想《おも》はぬ科《とが》を犯《をか》した人《ひと》であつた。有《あ》り触《ふ》れた例《れい》を挙《あ》げて見《み》れば、當時相對死《たうじあひたいし》と云《い》つた情死《じやうし》を謀《はか》

『高瀬舟』第三版の冒頭頁

★★

①

獰悪

※現代の漢字では「獰悪」。「ねいあく」だとあんまり悪そうじゃなくなっちゃいます。「獰」の字は「獰猛《□□もう》」にも使われます

◉［…］獰悪《□□あく》な人物《じんぶつ》が多数《たすう》を占《し》めてゐたわけではない。

★★

②

入相

※「にゅうそう」ではなく、訓読みで四文字。「い□あ□」。でも、読めても意味がわからないかも

◉さう云《い》ふ罪人《ざいにん》を載《の》せて、入相《い□あ□》の鐘《かね》の鳴《な》る頃《ころ》に漕《こ》ぎ出《だ》された高瀬舟《たかせぶね》は、黒《くろ》ずんだ京都《きやうと》の町《まち》の家々《いへ〳〵》を兩岸《りやうがん》に見《み》つつ、東《ひがし》へ走《はし》つて、［…］

★★★

③

分疏

※「ぶんそ」ではなく、訓読みで三文字。「遅れてゴメン。道がこんでて」「い□□けなんか聞きたくないわ。何時間も待たせて」

◉［…］役目《やくめ》を離《はな》れた應對《おうたい》を求《もと》める分疏《い□□け》をしなくてはならぬやうに感《かん》じた。

★

④

難有い

※なんか違和感あるけど、「難」と「有」の間に「レ点」（返り点）があると思って読んでください

◉［…］先《ま》づ何《なに》よりも難有《□□□》い事《こと》でございます。

★

⑤

十露盤

※「じゅうろばん」ではなく「□ろばん」。現在は計算機にその地位をすっかり奪われました

◉彼《かれ》と我《われ》との相違《さうゐ》は、謂《い》はば十露盤《□ろばん》の桁《けた》が違《ちが》つてゐるだけで、［…］

答

① だうあく【獰悪】（どうあく）　◉高瀬舟【大正7年・第3版】2頁

② いりあひ【入相】（いりあい）　◉同　3頁

③ いひわけ【分疏】（いいわけ）　◉同　7頁

④ ありがた・い【難有い】　◉同　8頁

⑤ そろばん【十露盤】　◉同　11頁

A

◉《常用漢字・現代仮名遣い・振仮名》で味わう原文と解説

①　**獰悪**《どうあく》な人物《じんぶつ》が多数《たすう》を占《し》めていたわけではない。

〈性質が凶悪で乱暴なこと〉を語義とする漢語「ドウアク（獰悪）」は現在はあまり使われない語である。漢語「ドウモウ（獰猛）」は使われることがありそうだが、「獰」字は常用漢字表に採用されていない。こういう語は結果的に難読語になってしまう。

②　**入相**《いりあい》の鐘《かね》の鳴《な》る頃《ころ》に漕《こ》ぎ出《だ》された高瀬舟《たかせぶね》は、

「イリアイ」は〈夕暮れ・たそがれ時〉のこと。室町時代に成立した辞書『節用集』には、「入逢」「日没」「晩鐘」など、さまざまな書き方がみられる。「入相」や「入逢」は訓を使った書き方、「日没」「晩鐘」は語義がちかい漢語に使う漢字をあてる書き方ということになる。

③　役目《やくめ》を離《はな》れた応対《おうたい》を求《もと》める**分疏**《いいわけ》をしなくてはならぬように感《かん》じた。

「イイワケ」に、〈説明する・弁解する〉という語義をもつ漢語「ブンソ（分疏）」

に使う漢字をあてている。『言海』は普通用の漢字としては「言譯」を掲げるが、「分疏」「辨解」も語釈末尾にあげている。

④ **先**《ま》**ず何**《なに》**よりも難有**《ありがた》**い事**《こと》**でございます。**

「アリガタ（イ）」に「難有」をあてている。明治期には「有難」をあてることもあった。「有難」であれば、「アリガタ（イ）」の順序に沿っていることになり、「難有」はいわば「漢文式」に書いていることになる。

⑤ **謂**《い》**わば十露盤**《そろばん》**の桁**《けた》**が違**《ちが》**っているだけで、**

「ソロバン」は「算盤」と書かれることもある。ソロバンそのものは室町時代に中国から日本に伝えられたといわれている。「十露」は「ソロ」と対応している。

第三部　近代黎明期の漢字表記を味わう

論吉、逍遙、そして新聞など、
漢字が「自由」だった時代。

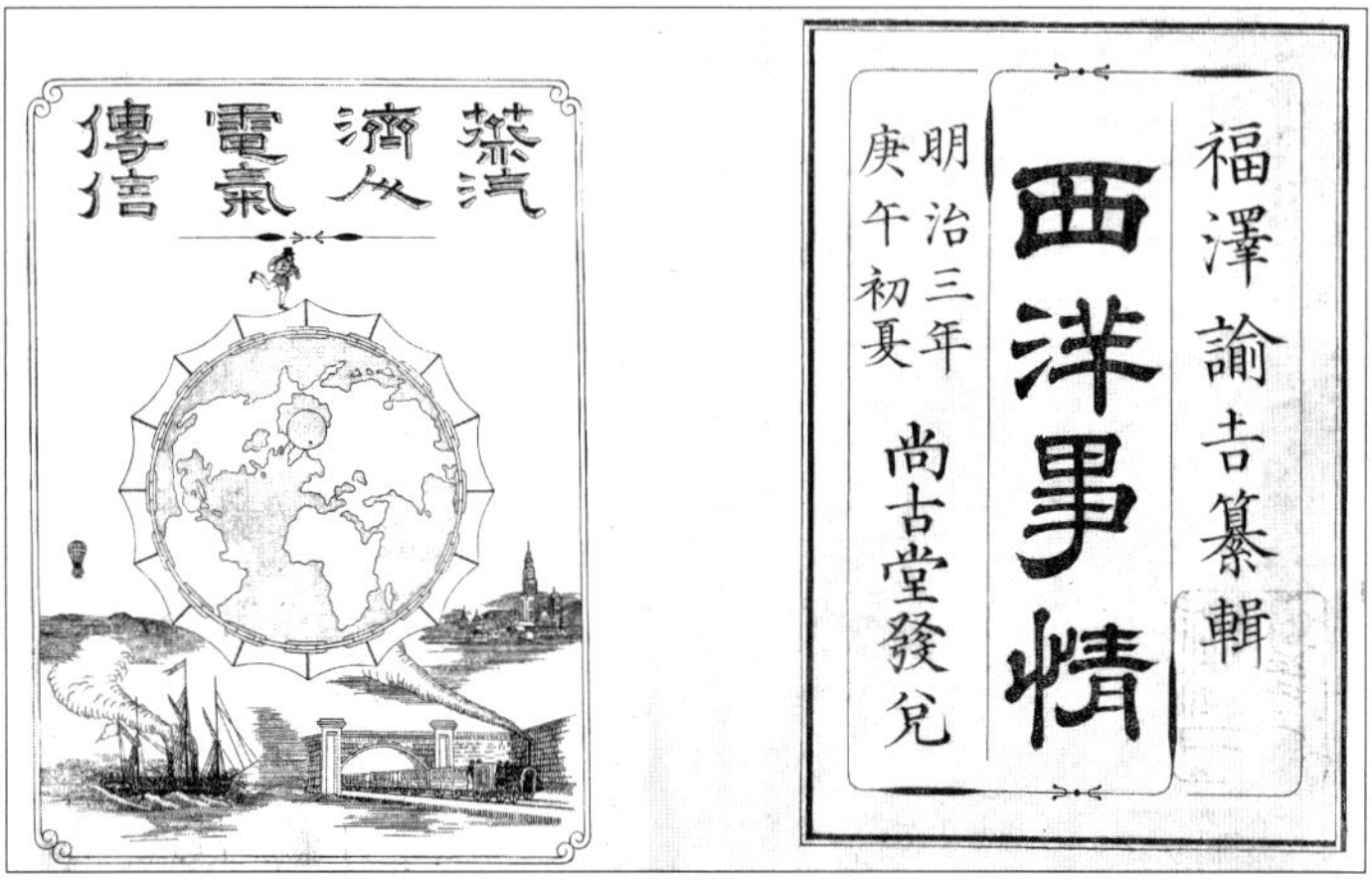

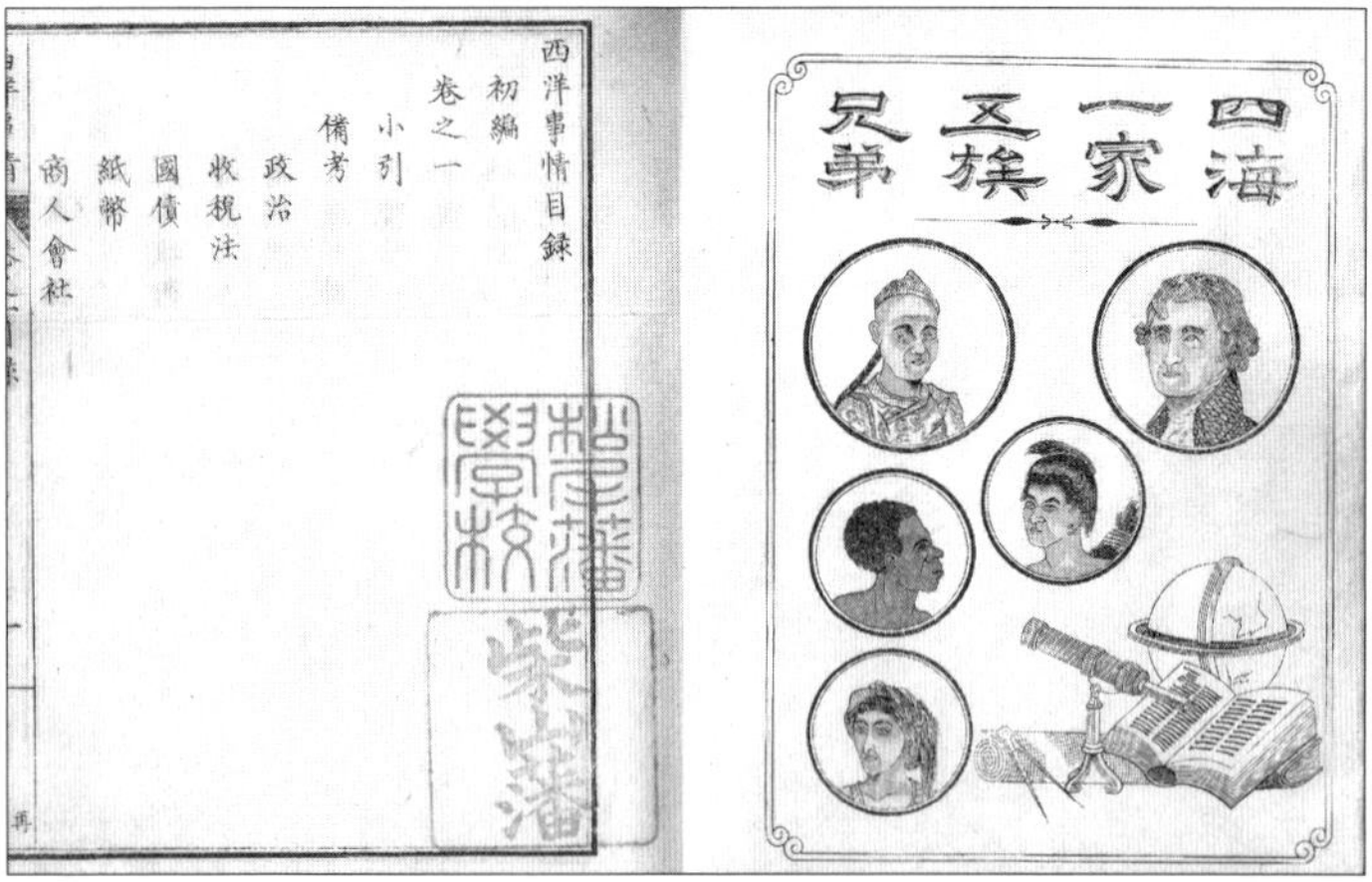

上は『西洋事情』初版の表紙見返しと口絵。表紙見返しには「福澤諭吉纂輯《さんしゅう》／西洋事情／明治三年庚午初夏　尚古堂發兌《はつだ》」とある。口絵の上部に「蒸汽」「濟人」「電氣」「傳信」とある。下は口絵の次頁と目録の最初。「四海一家五族兄弟」とあり、地球儀と望遠鏡、コンパス、そして辞書らしき書物が描かれている。蔵書印は「松尾藩學校」「柴山藩」。柴山藩（のちに松尾藩）は現在の千葉県芝山町にあった。藩校が『西洋事情』を所蔵していたことと、その保存状態の良さから丁重に扱われていたことがうかがわれる。

第十四節　『西洋事情』（慶応二年より刊行開始）の難読漢字

扉コラム①　紐解けば文明開化の音がする〝西方見聞録〟

文久元（一八六一）年に遣欧使節翻訳方に加えられた福沢諭吉が、アメリカ、イギリスやヨーロッパの国々を巡回した際の見聞をもとに書いたもの。「初編」三冊、「外編」三冊、「二編」四冊の合計十冊から成る。

初編巻一では、「政治」「収税法」「兵制」「学校」「病院」「博物館」「博覧会」「蒸気機関」「電信機」「瓦斯燈《ガスとう》」など二十四項目について述べている。

例えば「政治」であれば、「政治ニ三様《さんよう》アリ」と述べ、

「立君　モナルキ」

「貴族合議　アリストカラシ」

「共和政治　レポブリック」

少し前なら「和装」だっただろうが、靴を履き帽子を被った「洋装」の飛脚君である。

があるという。

また「病院」では、「病院ハ貧人ノ病《やみ》テ醫薬《いやく》ヲ得サル者ノ爲《た》メニ設《もうく》ルモノナリ政府ヨリ建《たつ》ルモノアリ私《わたくし》ニ會社《かいしゃ》ヲ結《むすび》テ建ルモノアリ」と述べている。

武士層を読者として想定し、比較的平易な表現を採ったことが「小《しょう》引《いん》」＝短い序に「文章ノ體裁《ていさい》ヲ飾《かざ》ラス勉《つと》メテ俗語ヲ用ヒタルモ只達意ヲ以テ主トスルカ爲メナリ」と述べられている。

一一〇頁の図は表紙見返しと口絵。口絵上部には「蒸汽」「済人《さいにん》」「電気」「伝信」とある。

「済人」は仲介者のこと。地球の上を荷物を担いで走っているような図柄がかわいい（上図は110頁左上図の拡大）。

★★★
①
拿破崙

※人名です。「ナ□□□□」。この人の辞書には「不可能はない」そうです

★★
②
亞喇伯

※地域名。「アラブ」ともいうが、ここでは「アラ□□」

★★
③
別林

※都市名。「ベ□リン」

★★★
④
彼得堡

※帝政ロシアの首都。その後「ペトログラード」「レニングラード」と改称。現在は「サンクト・ペテルブルク」と呼ばれています

★★
⑤
華盛頓

※アメリカ合衆国の首都

◉「フレデリッキ」ノ後ニ天下ノ兵制ヲ一《(いっ)》新《しん)》シタル者ハ千八百年代ノ初《(はじめ)》、佛蘭《(フランス)》西帝**拿破崙**《ナ□□□□》ナリ

◉徃古《(おうこ)》希臘《ギリーキ》ノ學《(がく)》一ト度《ひとたび》衰《おとろえ》ヘ之《これ)》ヲ恢復《(かいふく)》シタルモノハ**亞喇伯**《アラ□□》人ニテ［…］

◉**別林**《ベ□リン》普魯士ノ首府ニハ獄屋《(ごくや)》ノ内ニモ學校ヲ設ケ三四日毎《(ごと)》ニ罪人ヲ出シテ教授ス他ハ推《(おし)》テ知ルヘシ［…］

◉**彼得堡**《ペ□□□□ビュルグ》魯西亞ノ首府ノ文庫ニハ九十萬巻［…］

◉［…］千八百四十四年**華盛頓**《□□□トン》府合衆國ノ首府ヨリ「バルチモール」府マテ十七八里ノ間ニ線ヲ通シ兩府ノ消息を報《(しら)》シタリ

答

① ナポレオン【拿破崙】

◉西洋事情【明治3年・初版】 巻之一 24丁（裏）

② アラビヤ【亞喇伯】（アラビア）

◉同 巻之一 25丁（裏）

③ ベルリン【別林】

◉同 巻之一 29丁（裏）

④ ペートルスビユルグ【彼得堡】（ペテルスブルグ）

◉同 巻之一 32丁（表）

⑤ ワシントン【華盛頓】

◉同 巻之一 52丁（表）

A

◉《常用漢字・現代仮名遣い・振仮名》で味わう原文と解説

① 千八百年代《せんはっぴゃくねんだい》の初《はじ》め、仏蘭西《フランス》帝《てい》**拿破崙**《ナポレオン》なり

ナポレオン・ボナパルト（Napoléon Bonaparte）（一七六九〜一八二一）に「拿破崙」をあてた。現代中国語では「拿破仑《ナーポールン》」と書くが、「仑」字は「崙」から山を除いた字にあたるので、似た書き方であることがわかる。

② 之《これ》を恢復《かいふく》したるものは**亜喇伯**《アラビヤ》人《じん》にて

「アラビア」に「亜喇伯」をあてている。「亞剌皮亞」「亞拉伯」と書くこともあった。現代中国語では「阿拉伯《アーラーボー》」と書く。

③ **別林**《ベルリン》（普魯士《プロシア》の首府《しゅふ》）には獄屋《ごくや》の内《うち》にも学校《がっこう》を設《もう》け

「ベルリン」に「別林」をあてている。『舞姫』の原稿で、森鷗外は「ベルリン」と片仮名で書いて、右側に二重傍線を引いている。これによって、地名であることを示している。「伯霊」「伯林」と書くこともある。現代中国語では「柏林《ボーリン》」と書く。

④ **彼得堡《ペートルスビュルグ》**（魯西亜《ロシア》の首府《しゅふ》）**の文庫《ぶんこ》には九十万巻《きゅうじゅうまんかん》**

「ペテルスブルグ」に「彼得堡」をあてている。「伯多寶瑹斯加」「伯多銀勃狐」と書かれることもあった。

⑤ **華盛頓府《ワシントンふ》**（合衆国《がっしゅうこく》の首府《しゅふ》）**より[バルチモール]府《ふ》まで十七八里《じゅうしちはちり》の間《あいだ》に線《せん》を通《とお》し**

地名「ワシントン」に「華盛頓」をあてている。福沢諭吉は『世界国尽《せかいくにづくし》』巻四においては「和新頓《わしんとん》」と書いている。「華盛東」「華城」と書かれることもあった。現代中国語では「华盛顿《ホワショントゥン》」と書く。「华」は「華」の簡体字であるので、同じ書き方ということになる。

ちなみに「バルチモール」は現在いわれるところのボルチモア（メリーランド州）。

第十五節『西国立志編』（明治四年刊行）の難読漢字

扉コラム② 振仮名にも表われる明治文献の〝向学心〟

書名「西國立志編」の右に「英國斯邁爾斯《スマイルス》著」とある

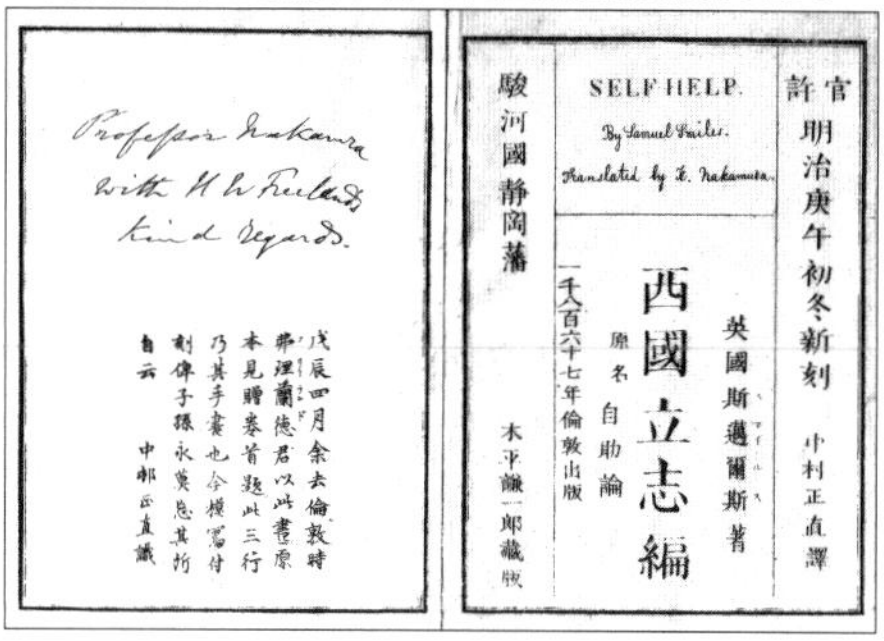

サミュエル・スマイルズ（Samuel Smiles）（一八一二〜一九〇四）の『Self Help』を中村正直《まさなお》（一八三二〜一八九一）が翻訳して明治四（一八七一）年に木版本十一冊として刊行された。『西国立志編』は、福沢諭吉『学問ノス丶メ』、内田正雄『輿《よ》地《ち》誌《し》略《りやく》』とともに、明治時代のベストセラーであったとされている。

幕府のイギリス留学生監督として渡英。明治元年四月にロンドンを離れ帰国の途につくが、『Self Help』を船中で読み、感激して翻訳をしたといわれる。

枠外の頭注、「天ハ自ラ助クルモノヲ助ク」の英訳 “Heaven helps those who help themselves.” の他、ミル（彌爾）やヂズレイリ（垤士禮立）の肩書と生年を紹介している。

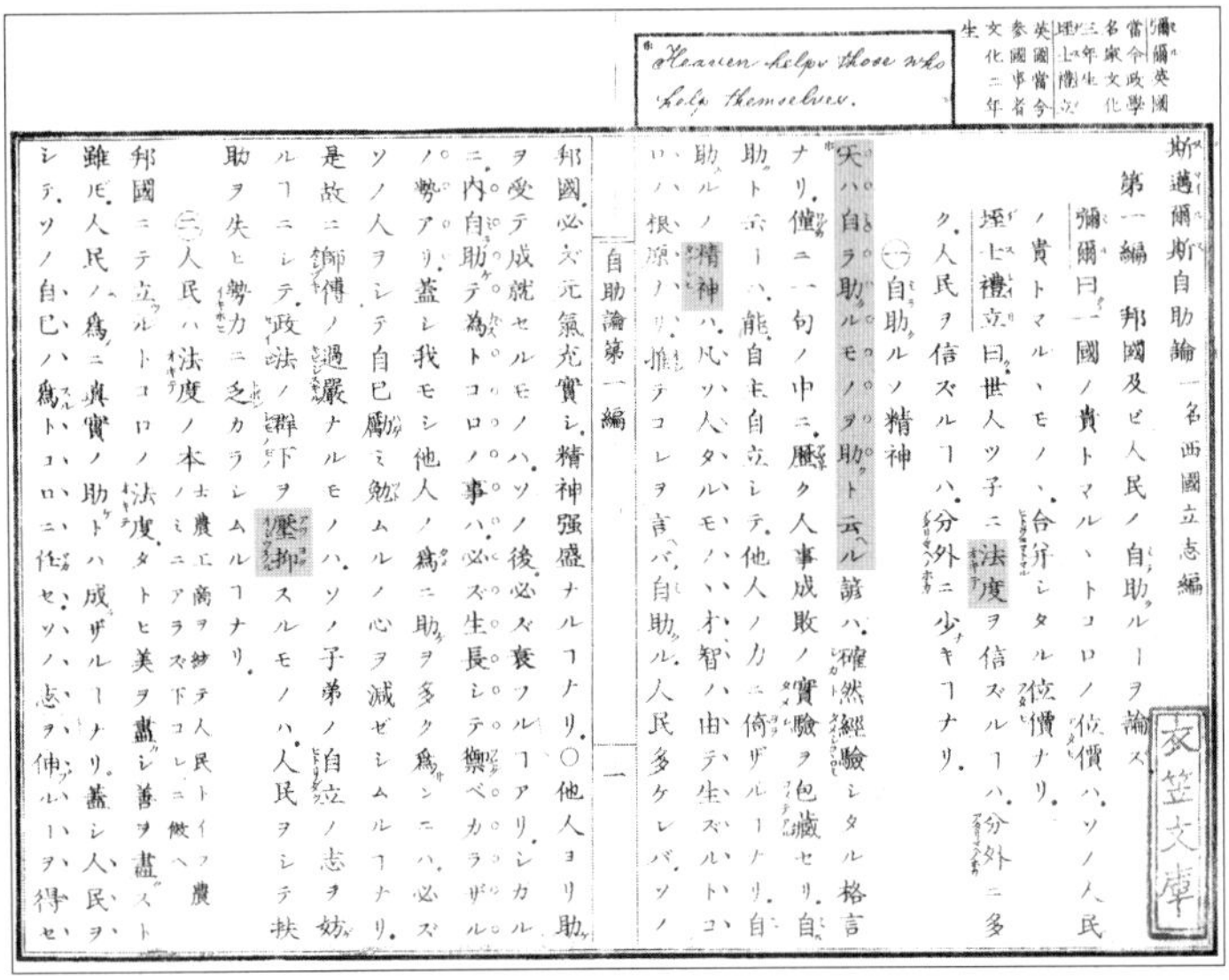

前頁の図は冒頭。上図は本文一丁目。「丁《ちょう》」はこのような形態の本の頁《ページ》を数える単位で、現在の二頁が一丁にあたる。右側を表、左側を裏と呼ぶ。右側（一丁表）の八行目に、有名な「天ハ自ラ助クルモノヲ助ク卜云《い》ヘル」がみえる。

上図の左側（一丁裏）七行目には「壓抑」の右側に「アツヨク」、左側に「オシツケル」と振仮名が施されている。明治期にはこのような「左右両振仮名」が少なくなかった。

だいたいにおいて、右振仮名は「語の発音」、左振仮名は「語義の補助的説明」となっていた。上図においても「法度」には「オキテ」、「精神」には「タマシヒ」と左振仮名が施されている。

★★★

①

舌克斯畢

※音読みすると「ゼツ・コク・シ・ヒツ」。「シェー・ク・ス・ピ」にしたらある人名に近くなる

★★★

②

海同

※これも人名。「カイ・ドウ」でなく、「□イド□」。作曲家

★

③

巴理

※芸術の都。ここでは三文字で。「パ□ス」。お騒がせ女優といえば「パ□ス・ヒルトン」

★★★

④

民衆

※これもカタカナで振仮名。「民衆」の意訳。「ポ□□ラア」

★★★

⑤

倍根

※これも人名。原文では「理学の父」と紹介しています。四文字。「バイ・コン」でなく、「□□コン」

◉英國詞曲ノ名家ナル**舌克斯畢**《シェークス□□□》ハ、元來何《イカ》ナル種族ヨリ出《(い)デ》シヤ

◉樂歌《(がっか)》ヲ作レル有名ノ**海同**《□イド□》ハ、車匠ノ子ナリ

◉遂《(つい)》ニ此《(ここ)》、ヲ去《(さ)リ》テ**巴理**《パ□ス》ニ赴《(おも)ム》キ、藥舗《(やくほ)》家《(か)》ニ給事セント欲シ、[…]

◉[…]就中《▲トリワケ》、**民衆**《ポ□□ラア》ノ教育《エヂユケイション》タルベキ事ニ意ヲ注《ソヽ》ギタリ（▲は左振仮名＝以下同）

◉富貴《(ふうき)》ノ人ニテ、理《(り)》學《がく》或《(あるい)》ハ工藝《(こうげい)》ニ從事《(じゅうじ)》シ、卓絶《▲スグレタル》ノ名ヲ得タルモノ、少《(すく)ナ》カラズ、ソノ例ヲ擧《(あげ)》バ、理學ノ父ト稱《(しょう)》セラル**倍根**《□□コン》ノ如《(ごと)》キ、[…]

答

①シエークスピーア【舌克斯畢】（シェークスピア）◉西国立志編【明治9年・改正版】21頁

②ヘイドン【海同】（ハイドン）◉同33頁

③パリス【巴理】（パリ）◉同36頁

④ポピユラア【民衆】（ポピュラー）◉同46頁

⑤ベイコン【倍根】（ベーコン）◉同52頁

A

◉《常用漢字・現代仮名遣い・振仮名》で味わう原文と解説

① 英国《えいこく》詞曲《しきょく》の名家《めいか》なる**舌克斯畢**《シェークスピーア》は、元来《がんらい》何《いか》なる種族《しゅぞく》より出《い》でしや

ウィリアム・シェイクスピア（William Shakespeare）（一五六四〜一六一六）に漢字「舌克斯畢」をあてている。「沙士比亜」と書くこともあり、一字目を使って「沙翁《さおう》」と呼ばれることもあった（現代中国語では「莎士比亜《シャスービーヤー》」と書く）。なお「種族」は「シュゾク」としたが、原文の前段落（二十頁）の「種族」には左振仮名で「イヘ《（え）》ガラ」（家柄）とある。

② 楽歌《がっか》を作《つく》れる有名《ゆうめい》の**海同**《ヘイドン》は、車匠《しゃしょう》の子《こ》なり

交響曲の父と呼ばれるフランツ・ヨーゼフ・ハイドン（Franz Joseph Haydn）（一七三二〜一八〇九）の「ハイドン」に「海同」をあてている。現代中国語では「海頓《ハイドゥン》」と書く。「シャンハイ（上海）」の「ハイ（海）」ですね。

③ 遂《つい》にここを去《さ》りて**巴理**《パリス》に赴《おもむ》き、薬舗家《やくほか》に給事《きゅうじ》せんと欲《ほっ》し、

地名「Paris」に漢字「巴理」をあてている。「巴里」や「巴黎」と書くこともあ

る。いずれも音訳といえよう（現代中国語でも「巴黎《パーリー》」と漢字をあてる）。『西国立志編』には外国の地名が数多くでてくる。ダブリンは「都伯林」、ナンシーは「南西」、グラスゴーは「額拉士哥」、リバプールは「立抜普爾」と書いている。

④ **民衆**《ポピュラア》の**教育**《エデュケイション》たるべき事《こと》に意《い》を注《そそ》ぎたり

本文は「ミンシュウノキョウイク」とみればよいと思われるが、「民衆」には「ポピュラア」、「教育」には「エヂユケイシヨン」と振仮名が施されている。これらは、英語の語形をあえて示そうとしていたと思われる。「公衆」には「パブリック」、「疑問」には「クヱスチヨン」と振仮名が施されている。

⑤ 理学《りがく》の父《ちち》と称《しょう》せらる**倍根**《ベイコン》の如《ごと》き、

ベーコンに「倍根」と漢字をあてている。現代中国語では「培根《ペイゲン》」と書く。似ているけど少し違いますね。

第十六節　『月世界旅行』（明治十三年翻訳・刊行）の難読漢字

扉コラム③　庶民には高嶺の花か、ランチ四十回分

ジュール・ベルヌの『地球から月へ』（De la Terre à la Lune）がフランスで発表されたのは一八六五年。その内容は、アメリカ、メリーランド州の鉄砲製造会社の社長が、月に有人の巨大な弾丸を撃ち込み、月を探検して合衆国の第三十六番目の州にしようと社員に呼びかけるという、壮大なサイエンス・フィクションだった。

この作品は井上勤によって、一八八〇（明治十三）年に翻訳され、『九十七時二十分間　月世界旅行』と題して、十冊本として刊行された。

今回使用したのは稿者所持のボール表紙本で、明治十九（一八八六）年八月十日に辻本尚古堂から出版された再版である。

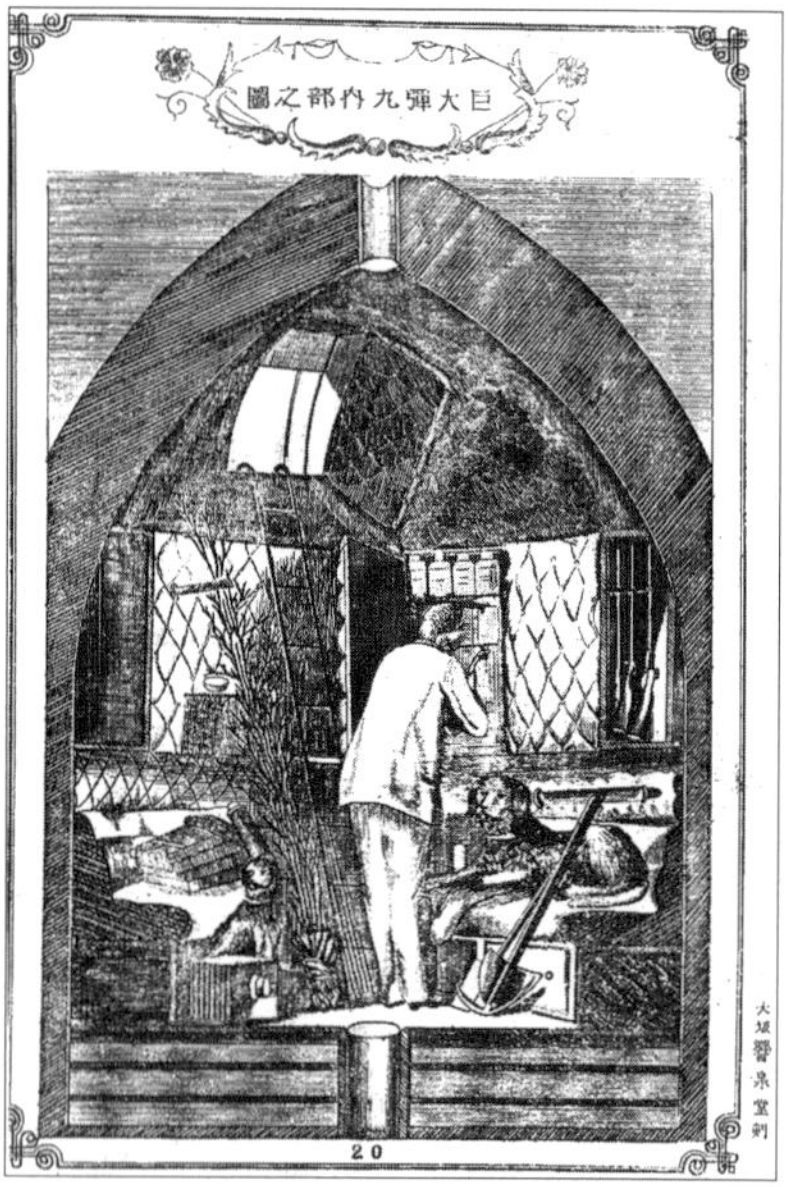

琴石翻刻の銅版画。弾丸形の〝宇宙船〟内部の様子。出入口につながるハシゴの脇に、背広姿の紳士とその飼い犬の姿が見える。

上図は大坂響泉堂の森琴石《もりきんせき》（一八四三〜一九二一）が原書から翻刻《ほんこく》した銅板画（巨大弾丸内部之図）であるが、このような精密な銅板画が二十二葉附載されている。

この再版には「定價金壹圓二十錢」とある。明治十九年頃、うどん一杯が一銭で、昼食の代金は三銭から五銭ぐらいでよかったという指摘がある。このことからすれば、一円二十銭はランチ四十回分ということになる。

書物の値段をどのようにみればよいかむずかしいが、安価でなかったことは確かであろう。

問

★★
①
縦令ひ

※最後の「ひ」も含めて三音の副詞。現代人は「□□え」といいます。「□□ひ読めたとしても、書くことはできないでせう」

★★★
②
恰も

※「も」を含めて四音の副詞。「あ・□□も」

★★★
③
現今

※難読すぎるので、大甘口のヒント。「絶望のあまり、□のまへ（まえ）が真っ暗になった」

★
④
演舌

※違和感があるでしょうが、ここは素直に音読みしてください

★★
⑤
女王

※なぜかここでは「じよわう（じょおう）」ではない振仮名なのです

◉而《しかふ》して當時《たうじ》バルチモールに寄寓《きぐう》する他國人《たこくじん》は**縦令**《□□》**ひ**交際《かうさい》あるも黄金《わうごん》に托《たく》するも其《そ》の薄暮《はくぼ》に於《おい》て［…］

◉［…］**恰**《あ□□》**も**晝《ひる》を賽《さい》して明《あき》らかに人《ひと》をして眩暈《げんうん》せしむ

◉若《も》し戰鬥《せんたう》を生《しやう》じ兵器《へいき》をして有用《いうよう》の物《もの》たらしめば實《じつ》に我等《われら》の好時節《こうじせつ》なりと雖《いへど》も然《しか》し**現今**《□のまへ》の事情《じぜう》と形勢《けいせい》とを見《み》れば決《けつ》して非常《ひじやう》の事《こと》を生《しやう》ずるの目的《もくてき》なし

◉［…］と**演舌**《□□□□》終《をわ》れば社員《しやゐん》を始《はじ》め無量《むりやう》の聽衆《てうしゆ》各《おの〳〵》猶《なほ》一層《いつさう》の氣力《きりよく》を振起《しんき》せし状況《じやうけう》にて滿堂《まんだう》自《おの》ずから動搖《どうよう》するの勢《いきほい》なりき

◉乃《すなは》ち夜《よる》の**女王**《□□わう》乃ち月《つき》にして［…］

答

①たと・ひ【縦令ひ】（たと・い）◉月世界旅行【明治19年・第2版】14頁

②あたか・も【恰も】◉同15頁

③めのまへ【現今】（めのまえ）◉同18頁

④えんぜつ【演舌】◉同20頁

⑤にょわう【女王】（にょおう）◉同20頁

A

◉《常用漢字・現代仮名遣い・振仮名》で味わう原文と解説

①
当時《とうじ》バルチモールに寄寓《きぐう》する他国人《たこくじん》は縦令い《たとい》交際《こうさい》あるも

「タトイ」に〈タトイ〉という語義をもつ漢語「ショウレイ」に使う漢字をあてた。語義はぴったり重なるので、ごく自然な書き方ということになる。「タトイ」全体に「縦令」が対応しているが、「ショウレイ」という漢語ではなく、「タトイ」という和語を書いていることがわかるように「ひ」を送り仮名としたか。

②
恰《あたか》も昼《ひる》を賽《さい》して明《あき》らかに人《ひと》をして眩暈《げんうん》せしむ

「アタカ(モ)」に「恰」をあてている。現在でも「アタカモ」という語を使わないわけではないと思うが、それほど使う語でもない。そして常用漢字表には「恰」字は載せられていない。こういう場合は、案外と読みにくいかもしれない。

③
我等《われら》の好時節《こうじせつ》なりと雖《いえど》も然《しか》し現今《めのまえ》の事情《じじょう》と形勢《けいせい》とを見《み》れば

「メノマエ」に漢語「ゲンコン」に使う漢字をあてた。「メノマエ」と「ゲンコン」

とに語義の重なり合いがないわけではもちろんないが、少し重なり合いがうすい。したがって、これは案外と読みにくそうに思われる。

④
演舌《えんぜつ》終《お》われば社員《しゃいん》を始《はじ》め無量《むりょう》の聴衆《ちょうしゅう》

漢語「エンゼツ」に「演説」ではなくて「演舌」をあてている。明治期にはどちらの書き方も使われていた。「演舌」は「エンゼツ」と読めないことはないが、ちょっと「あれ？」となるかなと思って採りあげてみました。

⑤
乃《すなわ》ち夜《よる》の**女王**《にょおう》乃《すなわ》ち月《つき》にして

「ニョオウ」に「女王」をあてている。これも読みの問題というよりは、当時は「ジョオウ」以外に「ニョオウ」という語形もあったということです。『言海』は「ニョオウ」を見出し項目としています。

第十七節 『当世書生気質』（明治十八年より刊行開始）の難読漢字

扉コラム④ 新旧と和洋が同居する過渡期の文学

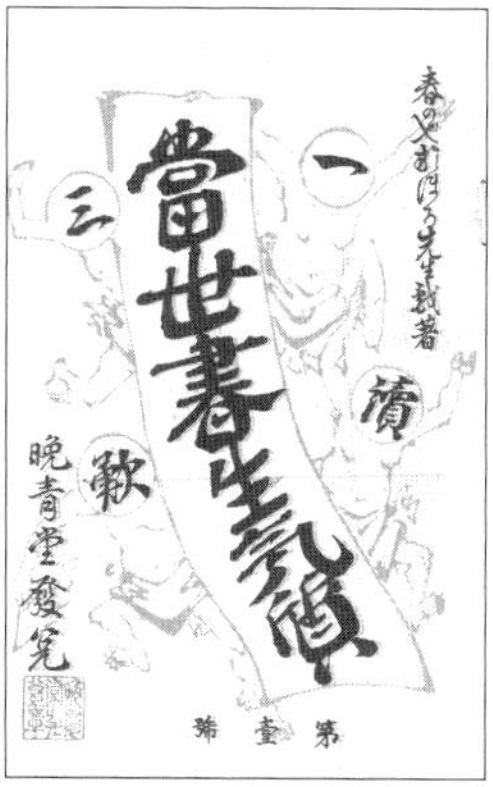

表紙には半裸の男の顔に「一讀三歎」の文字が躍る。

坪内逍遙（一八五九～一九三五）の中編小説。坪内逍遙の本名は勇蔵、後には雄蔵。明治十八（一八八五）年六月から明治十九年一月にかけて半紙本全十七冊のかたちで晩青堂から出版された。第一号の表紙には「春のやおぼろ先生戯著」（上図参照）、内題の後（下部）には「春のやおぼろ戯著」とある（次頁図参照）。歌川国峰《うたがわくにみね》（一八六一～一九四四）、長原止水《ながはらしすい》（一八六四～一九三〇）、武内桂舟《たけうちけいしゅう》（一八六一～一九四二）らが挿絵を描いている。

私立学校の法学生ら、いろいろな書生の生活をえがく。江戸戯作の方法に、西洋小説の手法をくみいれたもので、新旧両時代小説の過渡期の作品とみることができる。

左が本文一丁表。標題に「一讀三歎」の角書《つのが》き。右は表紙裏。「於保呂《おぼろ》」の朱印がある。

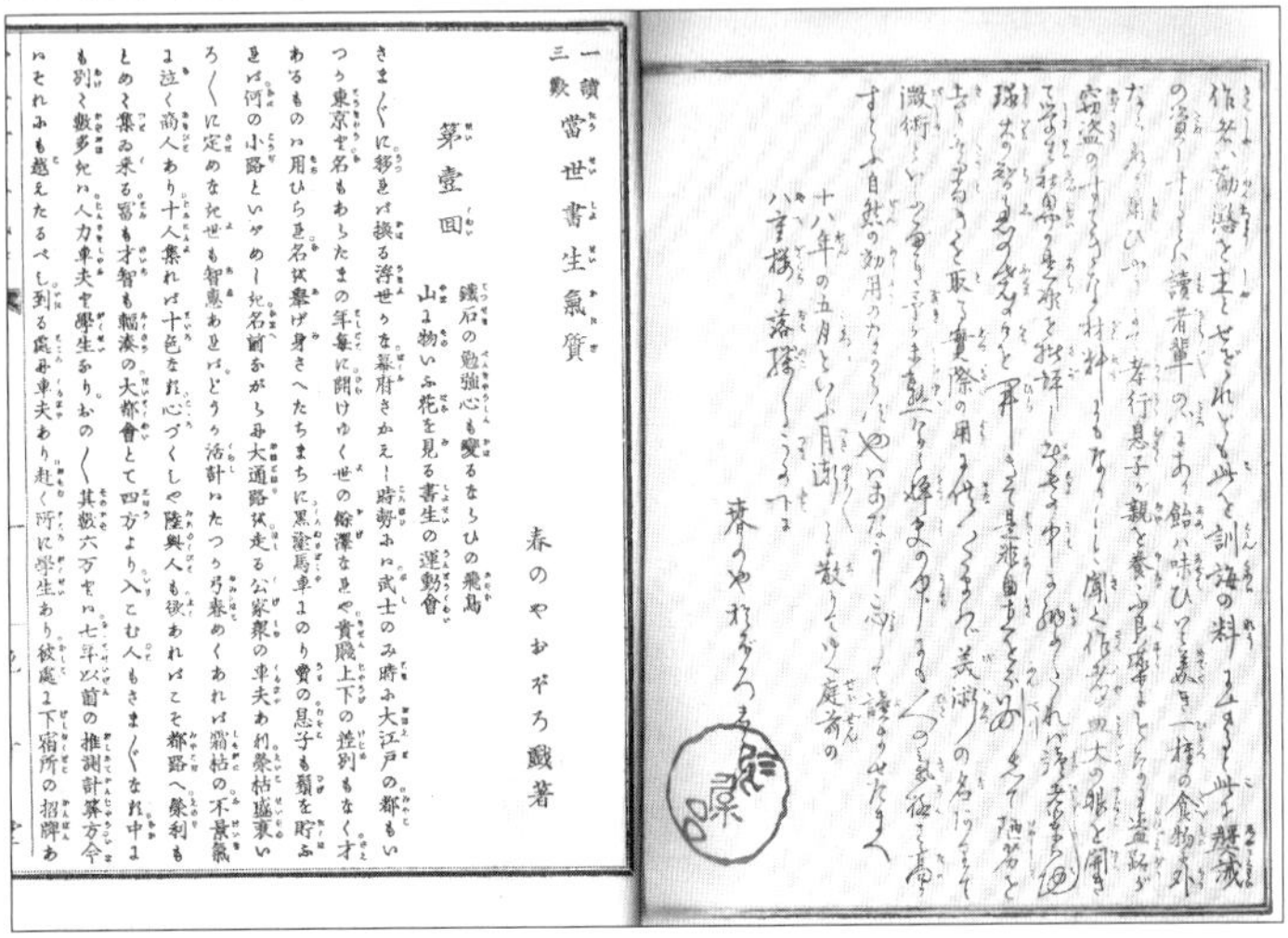
一讀三歎 當世書生氣質

春のやおぼろ戲著

第壹回 鐵石の勉強心も變るならひの飛鳥山に物いふ花を見る書生の運動會

さまざまに移れば換る浮世かな幕府さかえし時勢には武士のみ時に大江戸の都もいつか東京と名もあらたまの年毎に開けゆく世の餘澤なれや貴賤上下の差別もなく才あるものは用ひられ名を擧げ身さへたちまちに黒塗馬車にのり贄の息子も髭を貯ふる世は何の小路といかめしき名前ながらも大通路を走る公家衆の車夫あり榮枯盛衰いろいろに定めなき世も智恵あれば、どうか活計はたつか弓春めくあれば霜枯の不景氣に泣く商人あり十人寄れば十色なる心づくしや陸奥人も欲あればこそ都路へ榮利もとめて集ひ来る富も才智も輻湊の大都會とて四方より入こむ人もさまざまなれ中にも別て數多きは人力車夫と學生なりおのおの其數六万とは七年以前の推測計算方今はそれにも越えたるべし到る處に車夫あり赴く所に學生あり彼處に下宿所の招牌あ

「餘《よ》ッ程君《ぽどきみ》をラブ〔愛〕して居《ゐ》るぞウ」（第一号七丁表）

「ドランカアド〔泥酔漢《どろんけん》〕が七八人《しちはちにん》出來《でき》おつたから」（同裏）

「ちつとヘルプ。〔手助《てだすけ》〕すればよかつた」（同前）

「宮賀《みやが》がアンコンシヤス〔無感覺《おぼえなく》〕になりおつたから」（同前）

のように、英語を片仮名で書き、その後ろに括弧に漢字を入れ、さらにその漢字に振仮名を施すという、複雑な書き方が随所にみられる。これも「言語の過渡期」「表記の過渡期」を思わせる。

第一号の奥書には「全部十七冊結尾一冊定價金七銭全部前金九拾八銭」とあるので、全巻を前金で購入すると少し安くなるという販売方法であったことがわかる。「大賣捌《おおうりさばき》」所の中に「丸善」の名がみえるのはおもしろい。

★★
①
時勢

※「じせい」以外の読みで。四音。「こ□ほひ（おい）」

★★
②
十字街

※「じゅうじがい」以外の読みで。「じゅうじろ」のこと。四音。「よ□□ぢ（じ）」

★
③
名譽

※「めいよ」以外の読みで。三音。「ほ□□」

★★★
④
柔弱

※「じゅうじゃく」でも「にゅうじゃく」でもない読み方で。三音。「にや□」

★
⑤
爽快

※「そうかい」以外の読みで。四音「さ□□□」

◉さまぐ〳〵に移《うつ》れば換《かは》る浮世《うきよ》かな。幕府《ばくふ》さかえし**時勢**《こ□ほひ》には、武士《ぶし》のみ時《とき》に大江戸《おほえど》の、都《みやこ》もいつか東京《とうきやう》と［…］

◉横町《よこちやう》に英學《ゑいがく》の私塾《しゞゆく》あれば、**十字街**《よ□□ぢ》に客俟《きやくまち》の人車《じんりき》あり。

◉金《かね》も**名譽**《ほ□□》も意《い》の如《ごと》くに、得《え》らるゝかららの奮發出精《ふんぱつしゆつせい》、まことに芽出《めで》たきことなれども、［…］

◉黒七子《くろなゝこ》の紋附羽織《もんつきばをり》は、少々《せう〳〵》**柔弱**《にや□》すぎた粧服《こしらへ》なり。

◉辨舌《べんぜつ》があまり**爽快**《さ□□□》ならねば、たゞ何《なに》となく甘《あま》つたるく聞《きこ》えて、［…］

答

① ころほひ【時勢】（ころおい）　◉当世書生気質【明治18年・初版】1丁（表）

② よつゝぢ【十字街】（よっつじ）　◉同　1丁（裏）

③ ほまれ【名譽】　◉同　1丁（裏）

④ にやけ【柔弱】　◉同　2丁（表）

⑤ さはやか【爽快】（さわやか）　◉同　2丁（裏）

A

◉《常用漢字・現代仮名遣い・振仮名》で味わう原文と解説

① **幕府《ばくふ》さかえし時勢《ころおい》には、武士《ぶし》のみ時《とき》に大江戸《おおえど》の、**

〈今の時世〉という語義をもつ「コロオイ」に漢語「ジセイ」に使う漢字「時勢」をあてている。「比」一字あるいは「頃」一字で「コロオイ」を書くこともあった。『言海』は「コロオイ」の普通用の漢字として「比」「頃」を掲げている。

② **十字街《よつつじ》に客俟《きやくまち》の人車《じんりき》あり。**

「ヨツツジ」に漢語「ジュウジガイ」に使う漢字をあてている。『言海』は普通用の漢字として「四辻」を掲げ、語釈末尾に「十字街」を置く。森田草平には『十字街』（大正元年、春陽堂刊）という作品がある。作品の最末尾には「あゝ又次《またつぎ》の十字街《よつつじ》迄《まで》」（二八〇頁）とあって、やはり「ヨツツジ」を「十字街」と書いていることがわかる。

③ **金《かね》も名誉《ほまれ》も意《い》の如《ごと》くに、**

「ホマレ」に漢語「メイヨ」に使う漢字をあてている。『言海』は普通用の漢字として「誉」一字を掲げていることからもわかるように、一字で書くこともできる。

④
少々《しょうしょう》柔弱《にやけ》すぎた粧服《こしらえ》なり。

「ニヤケ」に漢語「ジュウジャク」に使う漢字をあてている。「ニヤケ」は〈男性が女性のように着飾ったり、媚《こ》びるような態度をとること〉。「弱気」や「軽佻」があてられることもあった。『言海』には見出し項目「にやける」の「に」と「や」との間に拗音の符号がついており、それからすれば、明治期には「ニャケル」と発音されていたと思われる。

⑤
弁舌《べんぜつ》があまり爽快《さわやか》ならねば、ただ何《なに》となく甘《あま》ったるく聞《き》こえて、

「サワヤカ」に漢語「ソウカイ」に使う漢字をあてている。常用漢字表では「爽」字に「サワヤカ」の訓を認めているので、「爽」字一字で「サワヤカ」を書くことができる。

第十八節 『絵入自由新聞』（明治二十一年及び二十三年の号より）の難読漢字

扉コラム⑤ ビジュアル紙面&振仮名つきの大衆新聞

明治十五（一八八二）年九月一日創刊、明治二十三（一八九〇）年十一月十五日に終刊。自由党系機関誌「自由新聞」の傍系にあたる小《こ》新聞《しんぶん》。自由党の主義主張を大衆に普及させることを目的としていた。紙面は「論説」「雑報」「小説」「官令」「投書」「広告」から成る四ページ。四ページ目は五段の中、四段が広告にあてられている。定価は一部一銭三厘、一ヶ月では二十八銭であった。

従来大新聞《おおしんぶん》が載せなかった連載小説を載せ、挿絵も大きく入れ、振仮名を使用しているところに特徴があった。また小新聞は政治性をあまりうちだしていなかったが、それを扱っている。

明治21年8月29日（通算1649号）の紙面。「社説」と「雑報」の文字の他、枠外左に「天氣豫報」、枠外上の陰暦と干支（みづのえさる）が時代を感じさせる。

明治廿一年八月廿九日 （陰曆七月廿二日） 水曜日 （みづのえさる） 第一千六百四十九號

社説

雜報

天氣豫報

易も答へざるにぞお蝶ハ少しく慰めんと思ひ一層聲を低くして(お蝶)若や車夫の事でございましたなら明白に云ふてお仕舞なさいまし 妾や三瀧さんも車夫の悪い事を残らずさう云つて遣りますから」此時迄も岡内ハ頻りに思案の躰なりしが漸やくにして口を開き(岡内)車夫殺の一條なら直に捕縛しさうなものだ夫に警部巡査を合れし十餘名とハ人数が多い是ハ決して彼事でない」と云ひつゝ又も思案に暮れしが(岡内)執道捕縛にあるハ必定其時調の都合に因りお前の身分が顕ハれると親元なり親類に直引渡すに相違ない」お蝶ハ思ハず傑上り(お蝶)どうかして知れない工夫ハありますまいか(岡内)知れないやうにするにハ早く此處を逃げなければならん併し今に三瀧が來るから其上の相談にしやう」此後十分間ハ岡内もお蝶も默然として又一言も語

物騒がしく警部巡査ハ書生等が留むるも聞かず亂入せんと排み争ふ躰なるにぞ今ハ片時も猶豫ならず岡内ハ表の方に泉吉お蝶ハ裏手をさして別れわかれに立去りけり。

●壽座 同座の金方幾山竹三郎ハ目下奥州地方へ出稼中の九藏、彦十郎、芝鶴抔の連中を呼迎へ是非とも九月の末にハ開場せんと一昨日同地へ發足
●赤坂藝妓の越中犢鼻褌 兎角向ふから外れ勝のお氣もじな話しを發くも些とばかり罪な様だが云て歇んも腹ふくるゝの業とやら持たが病ひで書立るハ金太郎の顔の赤坂藝妓家名が幽靈の附物だけ

同じく明治二十一年八月二十九日号の紙面より。濱《はま》の家眞砂《やまさご》作の連載小説『水の月』の第六十二掬《きく》（掬は「回」のこと）の挿絵。「身分《みぶん》が顯《あら》はれる」ことで「親元《おやもと》なり親類《しんるい》に直引渡《すぐひきわた》」されるのを恐れる〝ワケあり女〟お蝶《ちょう》。夜陰にまぎれ、お蝶の手を引く泉吉《せんきち》。背後には御用提灯を掲げる警官が見える。はたして二人の命運やいかに。

連載小説が振仮名を施して載せられ、挿絵も大きく、また「雑報」もあるという紙面は明治期のありかたを窺《うかが》わせる。

中心になったのは、土佐自由党系の（宮崎）夢《む》柳《りゅう》と半狂《はんきょう》（姓不詳。「和田」か）で、それに戯作者（二代目）花笠文京《はながさぶんきょう》（本名・渡辺義方。一八五七〜一九二六）が加わっている。夢柳は『冤枉《むじつ》の鞭笞《しもと》』（明治十五年九月〜十月）や『高峰の荒鷲』（明治十六年五月〜八月）を発表し、文京は『吹雪の花笠』（明治十五年九月〜十一月）を連載している。

明治十八年七月には紙面を拡充し、自由党の機関誌的な性格を強め、読者層を拡大するために、黒岩涙香《るいこう》（本書191頁参照）の小説を載せるなどしたが、次第に衰退に向かい、明治二十三年十一月には「雷《かみなり》新聞」に吸収された。

★★
①
蓋し

※同音で「蹴出し」と書くと、和装の足もとのインナーウエアに。たまに「蓋し名言なり」と使う人に出会うことがある

◉二院抗争《ゐんこうさう》して止《や》まず、國家《こくか》の變壞《へんくわい》蓋《□□》し之《こ》れより甚《はなはだ》しきもの無《な》からんとす

★★
②
嗟呼

※感嘆詞。ヴィクトル・ユゴー作「□□無情」

◉嗟《□》呼《□》白米小賣商《はくまいこうりしやう》をして、斯《かく》の如《ごと》き黠《かつ》手段《しゆだん》に依《よ》つて、貧民《ひんみん》の喉《のど》を絞《しぼ》らしめざらんと欲《ほつ》せば、[…]

★★
③
普ねく

※早稲田大学校歌「□□ねく天下に輝き布《し》かん」

◉[…]獨《ひと》り議員《ぎゐん》のみに限《かぎ》らずして普《□□》ねく世人《せじん》に知《し》らしむ可《べ》しとの儀《ぎ》もある由《よし》なれば或《あるひ》は官報《くわんぽう》の号外《がうぐわい》として[…]

★★
④
摸倣

※「もほう」以外の読みで。三音。「な□□」

◉[…]ノルトン社中《しやちう》に摸倣《な□□》し數番《すばん》の戯《ぎ》曲及《きよくおよ》び早術《はやわざ》ありて[…]

★★
⑤
頗る

※「とても」という意味の副詞で、「る」を含め四音。「す□□る」

◉[…]和洋《わやう》の盃酒《はいしゆ》は融々《ゆうゝ》美人《びじん》の手《て》に依《よ》りて其味《そのあぢはひ》頗《す□□》る佳《よ》く[…]

答

①
けだ・し【蓋し】
◉絵入自由新聞【明治二十三年六月二十七日】 短評

②
あゝ【嗟呼】(ああ)
◉同右

③
あま・ねく【普ねく】
◉同右

④
ならひ【摸倣】(ならい)
◉同【明治二十一年八月七日】 短評

⑤
すこぶ・る【頗る】
◉同右

A

◉《常用漢字・現代仮名遣い・振仮名》で味わう原文と解説

①　**蓋**《けだ》**し**之《こ》れより甚《はなは》だしきもの無《な》からんとす

〈考えてみるに・思うに〉という語義をもつ副詞「ケダ（シ）」に漢字「蓋」をあてている。現在刊行されている国語辞書では、この語に「文語的な語」と注をつけることもある。現代においても「文語文」というものがあるのかどうかはともかくとして、とにかく「ケダシ」という語そのものを耳にしたり、目にしたりする機会が現代の言語生活においてはほとんどない。語そのものを使わないのだから、それをどう書くかということについて話題にならないことは当然で、こうしたものが案外と読みにくいと思われる。

②　**嗟呼**《ああ》白米小賣商《はくまいこうりしょう》をして、斯《か》くの如《ご》き

〈物事に感じいり、喜びや悲しみに心を動かして発する声〉を表わす感動詞「アア」に漢字「嗟呼」をあてている。「嗟」字に、〈嘆き痛む時、感嘆する時に発する声〉という字義がある。「嗟乎」「嗟嗟」「嗟哉」「嗚呼」などがあてられることもある。

③
普《あまね》**く**世人《せじん》に知《し》らしむ可《べ》しとの儀《ぎ》もある由《よし》なれば

「アマネク」に「普」字をあてている。「普通」「普遍」は〈ひろくゆきわたる〉、「普現」は〈あまねく現われる〉であることがわかれば、「普ねく」は読める。常用漢字表は「普」字に訓を認めていない。

④
ノルトン社中《しゃちゅう》に**摸倣**《ならい》し数番《すばん》の戯曲《ぎきょく》及《およ》び早術《はやわざ》ありて

「ナライ」に漢語「モホウ」に使う漢字をあてている。「摸」は〈手でうつす〉で、「模」は〈木型〉であるが、常用漢字表には「模」字のみが載せられているので、現在は「模倣」と書く。

⑤
美人《びじん》の手《て》に依《よ》りて其《そ》の味《あじ》わい**頗る**《すこぶ》佳《よ》く

〈たいそう・おおいに〉という語義をもつ副詞「スコブル」に漢字「頗」をあてている。「スコブル」も現代においては、それほどは使われない語といってよいだろう。

★★★
⑥ 爾

※一字では「なんじ」と読めますが、原文は「爾さ」。これは「どう」や「こう（かう）」に対応する「こそあど」の返しの感動詞です

◉［…］銀《ぎん》さん何《どう》しやう、爾《□う》さ斯《かう》しようと情死《しんじう》の相談《さうだん》が極《きま》り［…］

★★
⑦ 孰れ

※「熟」に似てるので「うれ」と読みたくなる？「どれ」を文語的に変化させ、三音。「□□れ劣らぬ強豪ぞろい」

◉立憲代議政治《りつけんだいぎせいぢ》の國《くに》は孰《□□》れも政黨《せいたう》を以《もつ》て政治《せいぢ》を支配《しはい》する事《こと》なれど［…］

★
⑧ 就て

※「就いて」と間に「い」を送れば読めるかも。「就職」は「職に就く」だから……

◉斯《かゝ》る譯《わけ》ゆゑ《(え)》大同團結《だいどうだんけつ》に就《□い》て希望《きばう》す可《べ》き所《ところ》は必《かな》らずしも小黨《せうたう》を合《あは》して一個《いっこ》の大黨《だいたう》と爲《な》さねばならぬと云《い》ふ筈《はず》は無《な》し

★★
⑨ 莫し

※「莫」は「なかれ」とも読む否定の意味をもつ字なので、ここも「あり」の反対で二音。「□し」

◉固《もと》より誰《たれ》とても我名《わかな》を賣《う》らんと欲《ほっ》せざるは莫《□》しとは雖《いへど》も［…］

★
⑩ 兎に角

※「うさぎ」に「つの」はありません。「□に□く、とやかくいわずに読んで！」

◉板垣伯《いたがきはく》の如《ごと》きも兎《□》に角《□□》民權家《みんけんか》の巨魁《きよくわい》とも云《い》はれ一《(ひと)》たびは自由黨《じいうたう》の［…］

答

⑥ さう【爾】（そう）

◉絵入自由新聞【明治二十一年八月七日】短評

⑦ いづ・れ【孰れ】（いず・れ）

◉同【明治二十一年八月二十九日】社説

⑧ つい・て【就て】

◉同右

⑨ な・し【莫し】

◉同右

⑩ と・に・かく【兎に角】

◉同右

A

◉《常用漢字・現代仮名遣い・振仮名》で味わう原文と解説

⑥ **銀《ぎん》さん何《どう》しよう、爾《そう》さ斯《こう》しようと**

感動詞的に使う「ソウ（ダ）」に漢字「爾」をあてている。「爾」には〈そのとおりである〉という字義があるので、書き方としては自然である。

これまでにも何回か述べてきたように、現代においては、副詞や感動詞には漢字をあてなくなっているので、案外と読みにくいと思う。

⑦ **孰《いず》れも政党《せいとう》を以《もっ》て政治《せいじ》を支配《しはい》する事《こと》なれど**

「イズ（レ）」に漢字「孰」をあてている。今、上では「イズレ」の「レ」に一応丸括弧をつけておきましたが、「イズ」に漢字「孰」が対応しているわけではないのですね。「空く」と書くからといって、漢字「空」が「ア」と対応しているわけではない。「アク」全体と「空」字とが対応しているのであって、「く」は送り仮名として添えられているのです。誤解されませんよう。

⑧

斯《か》かる訳《わけ》ゆえ大同団結《だいどうだんけつ》に**就《つい》て**希望《きぼう》す可《べ》き所《ところ》は

「ツイテ」に漢字「就」をあてている。常用漢字表においても「就」字に「つく・つける」という訓が認められているので、これは簡単に読めるでしょう。ただ、「〜について」という時の「ツイテ」にも「就」字が使えるということに少しなじみがないかもしれません。

⑨

誰《だれ》とても我《わ》が名《な》を売《う》らんと欲《ほっ》せざるは**莫《な》し**とは雖《いえど》も

「ナ（シ）」に「莫」字をあてている。漢文では「莫」字は否定の助字ですね。

⑩

板垣伯《いたがきはく》の如《ごと》きも**兎《と》に角《かく》**民権家《みんけんか》の巨魁《きょかい》とも云《い》われ

〈何にしても〉という語義をもつ「トニカク」を「兎に角」と書いている。「左右」をあてることもあった。

る所《ところ》なかる可《べか》らず板垣伯《いたがきはく》の如《ごと》きも兎《と》に角《かく》民權家《みんけんか》の巨魁《きよくわい》とも云《い》ハれ一たびハ自由黨《じいうたう》の首領《しゆりやう》とも仰《あふ》がれたる人《ひと》なれば後藤翁《ごとうをう》ハ此人《このひと》にも結《むす》ぶ事《こと》を嫌《きら》ふ可《べか》らず又改進黨《またかいしんたう》の如《ごと》きも兎《と》に角《か》く既《すで》に政黨《せいたう》の名《な》を存《そん》するからハ翁《をう》ハ之《これ》にも結《むす》び且讓《かつゆづ》る所《ところ》なかる可《べか》らず萬《ばん》

明治21年8月29日付け「絵入自由新聞」社説の一部。
文中の「板垣伯」は板垣退助、「後藤翁」は後藤象二郎。

第十九節　『もしほ草』（第十六編・第十編）の難読漢字

扉コラム⑥　文明開化の横浜で発行された新聞

横浜新報『もしほ草』は、アメリカ人ヴァン・リード（Eugene M. Van Reed）と日本人岸田吟香《ぎんこう》により慶応四（一八六八）年閏《うるう》四月十一日に横浜の外国人居留地で発行された。リードはアメリカで、日本人漂流民ジョセフ・ヒコ（浜田彦蔵）と知り合って日本に来たといわれている。浜田彦蔵は元治元（一八六四）年に『海外新聞』を創刊している。

『もしほ草』は毎号六丁で仕立てられており、表紙には黄色い紙が使われている。

次頁の図でわかるように、表紙下部には「K.S.ASOM」とある。

「ASOM」は「アソン（朝臣）」を英語風にしたものといわれ、「K.S」は岸田吟香（の岸にあたるか）で、「岸田朝臣」をこのように書いたといわれている。

記事は岸田吟香が書いていたと考えられているが、岸田吟香の名前は明示されていない。リードは岸田吟香が筆禍を逃れるための存在であったともいわれている。

官軍が江戸を占領して、江戸の新聞がすべて発行を中止した時期があったが、この『もしほ草』は発行し続けていた。

第四十二篇で終刊。

ちなみに画家の岸田劉《りゅう》生《せい》は岸田吟香の子。

随筆や書き留められたものを古くから「もしほ（藻塩）草」といった。塩を「掻き集める」が「書き集める」に通じ、和歌の世界では「もしほ草」は「書く」や「書き集《つ》む」に掛かる枕詞《まくらことば》。

① ★★

頑固なる

※「がんこ」以外の読みで。「か□□ななる」

◉［…］きはめて**頑固なる**《か□□な》國《（くに）》なれば小民どもさまぐ〵の異論をおこし［…］

② ★

俄に

※急にふってくる雨のことを「□□□雨」といいます

◉六日九ツすぎごろ**俄に**《□□□》郷《がう》民ども群《ぐん》をなして東南の方へ迯走《にげはし》りければ何叓《（事）》なるぞと問ふ［…］

③ ★★

美國

※国名。日本では別の書き方をする

◉かくて八日の朝にいたりて、賊軍たちまちいづくともなくにげさりしときゝて李鴻章《（りこうしょう）》左宗棠《（さそうとう）》と**美國**《□□□□》領叓官《コンシュル》法國《フランス》領事官《コンスル》とともに滿州《まんしう》の歩兵をひきゐて南方の村里に出て［…］

④ ★★

點檢

※刑事ドラマで容疑者がされることをこういいます。「點檢」は常用漢字では「点検」です

◉それより中山寺に入て分捕《ぶんどり》の品《しな》を**點**《と□》**檢**《し□べ》けるに薩州の手へ**洋鎗**《□□□□》二百挺備前へ**火鎗**《□□□□》三百三十七挺大砲二丁［…］

⑤ ★★

洋鎗

※「火鎗」にも同じ振仮名。文脈から武器とわかります。会津藩の八重《やえ》さんはこれの名手でした

答

① かたくな・なる【頑固なる】
◉もしほ草【第六編】5丁目（表）

② にはか・に【俄に】（にわか・に）
◉同 6丁目（表）

③ アメリカ【美國】
◉同 6丁目（裏）

④ とりしらべ【點檢】
◉同【第十編】4丁目（表）

⑤ てつぱう【洋鎗】（てっぽう）
◉同前

A

◉《常用漢字・現代仮名遣い・振仮名》で味わう原文と解説

① **頑固《かたくな》**なる国《くに》なれば小民《しょうみん》どもさまざまの異論《いろん》をおこし

「カタクナ」に漢語「ガンコ」に使う漢字をあてている。常用漢字表では「頑」字には訓が認められていない。『言海』は副詞「カタクナニ」の普通用の漢字として「頑」字を掲げている。

② **俄《にわか》**に郷民《ごうみん》ども群《ぐん》をなして東南《とうなん》の方《ほう》へ逃《に》げ走《はし》りければ

「ニワカ(ニ)」に漢字「俄」をあてている。常用漢字表には「俄」字が載せられていないが、「俄」字字義は〈にわかに・たちまち〉であるので、書き方そのものは自然。常用漢字表に漢字が載せられているかどうかは影響が大きい。

③ **美国《アメリカ》**領事官《コンシュルかん》法国《フランス》領事官《コンスルかん》とともに

「アメリカ」に漢字「美国」をあてている（現代中国語でも「アメリカ」は「美国《メイグオ》」であるが、中国では「アメリカ」を音訳した「美利堅」から「美国」という語がうまれた。ちなみに日本では、早い時期には「亜墨利加」、ついで「亜米利加」が使われ、他に「亜美利加」「阿米利加」なども使われた）。日本でアメリカを「米国」とするのは、「米」を使った書き方に基づく。「法国」はフランス。

④ 分捕《ぶんど》りの品《しな》を点検《とりしらべ》けるに

「とりしらべ」に漢語「テンケン」に使う漢字をあてている。「檢」字は「検」字と似ているのでまだわかるが、「點」字は（よくみれば共通点はあるが）「点」字とかなり字形が異なるので、漢字そのものがわかりにくいかもしれない。『言海』は見出し項目「とりしらべ」に普通用の漢字として「取調」を掲げている。現代もこの書き方が一般的であろう。

⑤ 薩州《さっしゅう》の手《て》へ洋鎗《てっぽう》二百挺《にひゃくちょう》備前《びぜん》へ火鎗《てっぽう》三百三十七挺《さんびゃくさんじゅうななちょう》

「テッポウ」に漢字「洋鎗」をあてている。「テッポウ（鉄砲）」を〈洋式の鎗〉と表現した意訳のような使い方。〈洋式・洋風〉を漢字「洋」で表現することは多かった（現在でも「洋裁↑和裁」「洋書↑和書」「洋画↑邦画」「洋画↑日本画」「洋酒↑日本酒」などは使うことがある。反対概念が「和」であったり「邦」であったり「日本」であったりするのはおもしろい）。

第四部　明治中期の漢字表記を味わう

一葉、紅葉、藤村、蘆花、涙香らの名文・名調子を支えた難読漢字たち。

『文藝倶樂部』版「たけくらべ」の挿絵。右は見返《みかえ》り柳《やなぎ》の下を高木履《たかぼっくり》で行く美登利《みどり》（立看板に「みかへり柳《やなぎ》」とある）。左は筆屋《ふでや》（文具店）の店先で騒ぐ子供たちの喧嘩に割って入った美登利に、泥つき草鞋《わらじ》が投げつけられる場面。筆屋の軒に掛けられた提灯が大きく揺れ、看板「學校用品」の「用」字を隠すように草鞋が空中を飛ぶ瞬間が描かれている。

『金色夜叉』熱海の場面の挿絵。お宮も、上の美登利も、ヒロインには受難が付きもの。

第二十節　『たけくらべ』（明治二十八年より連載開始）の難読漢字

扉コラム①　紐解けば江戸下町の路地裏にタイムスリップ

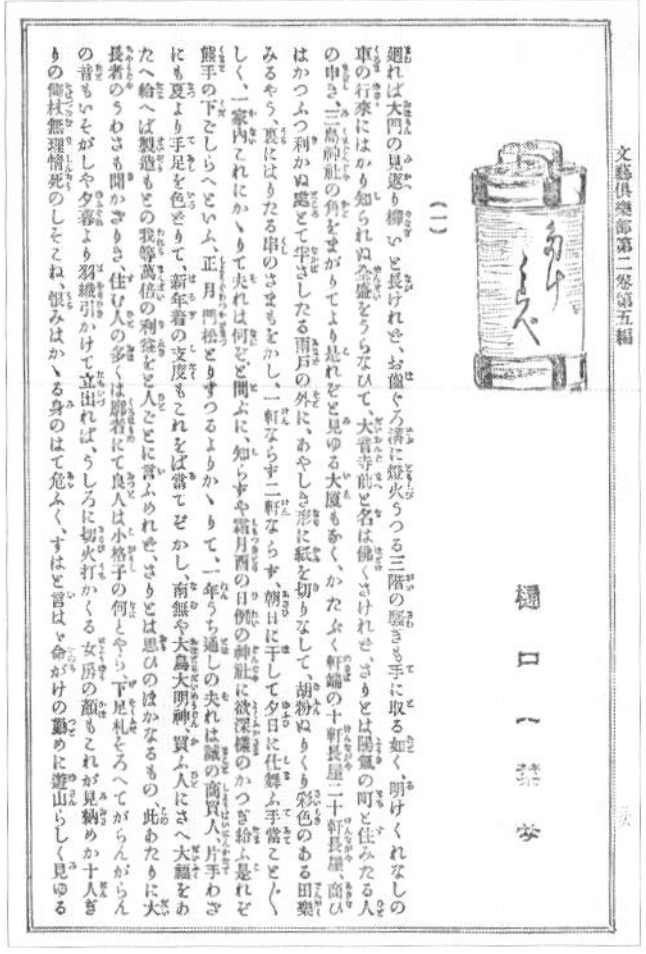
文藝倶樂部第二卷第五編

たけくらべ

樋口一葉女

（一）

廻れば大門の見返り柳いと長けれど、お齒ぐろ溝に燈火うつる三階の騷ぎも手に取る如く、明けくれなしの車の行來にはかり知られぬ全盛をうらなひて、大音寺前と名は佛くさけれど、さりとは陽氣の町と住みたる人の申き、三嶋神社の角をまがりてより是れぞと見ゆる大厦もなく、かたぶく軒端の十軒長屋二十軒長屋、商ひはかつふつ利かぬ處とて半さしたる雨戸の外に、あやしき形に紙を切りなして、胡粉ぬりくり彩色のある田樂みるやう、裏にはりたる串のさまもをかし、一軒ならず二軒ならず、朝日に干して夕日に仕舞ふ手當こと〲しく、一家内これにかゝりて夫れは何ぞと問ふに、知らずや霜月酉の日例の神社に欲深樣のかつぎ給ふ是れぞ熊手の下ごしらへといふ、正月門松とりすつるよりかゝりて、一年うち通しの夫れは誠の商買人、片手わざにも夏より手足を色どりて、新年着の支度もこれをば當てぞかし、南無や大鳥大明神、買ふ人にさへ大福をあたへ給へば製造もとの我等萬倍の利益をと人ごとに言ふめれど、さりとは思ひのほかなるもの、此あたりに大長者のうわさも聞かざりき、住む人の多くは廓者にて良人は小格子の何とやら、下足札そろへてがらんがらんの音もいそがしや夕暮より羽織引かけて立出れば、うしろに切火打かくる女房の顏もこれが見納めか十人ぎりの側杖無理情死のしそこね、恨みはかゝる身のはて危ふく、すはと言はゞ命がけの勤めに遊山らしく見ゆる

『文藝倶樂部』の「たけくらべ」は総振仮名。弓張提灯に書名がデザインされているのが渋い。著者名は「樋口一葉女」。

雑誌『文学界』に明治二十八（一八九五）年一月から明治二十九年の一月までの間、断続的に発表された。明治二十九年四月には『文藝倶樂部』第二巻第五号に一括して補正再録された。

『文学界』（次頁上段参照）はところどころに振仮名が施される程度、『文藝倶樂部』（上図参照）は総《そう》振仮名。『文藝倶樂部』の一括掲載は、注目され、鷗外が主宰する『めさまし草』誌上での、鷗外、露伴、斎藤緑雨三人による匿名合評《とくめいがっぴょう》「三人冗語」において高い評価が与えられるが、一葉はこの頃から結核が悪化

『文学界』の「たけくらべ」は振仮名が少なめ（下は三頁上段部分）。著者名は「一葉」。段またぎの左下の文字「大鳥大明」のあとの2文字（神、）が欠損し、空白になっている。

たけくらべ

一葉

（一）

廻れは大門の見かへり柳いと長けれど、おはぐろ溝に燈火うつる三階の騒ぎも手に取る如く、明暮れなしの車の往來《ゆき》にはかり知られぬ全盛をうらなひて、大音寺前と名は佛くさけれど、さりとは陽氣の町と住みたる人の申き、三島神社の角を曲りてより是れぞと見ゆる大厦《いゑ》もなく、かたぶく軒端の十軒長屋二十軒長屋、商ひはかつふつ利かぬ所とて、半さしたる雨戸の外に、怪しき形《なり》に紙を切りなして、胡粉ぬりくり彩色のある田樂みるやう、裏にはりたる串のさまもをかし、一軒ならず二軒ならず、朝日に干して夕日に仕舞ふ手當ことごとしく、一家内これにかゝりて夫れは何ぞと問ふに、知らずや霜月酉の日例《れい》の神社に欲深《よくふか》樣のかつぎ給ふ是れぞ熊手の下ごしらへといふ、正月門松とりすつるよりかゝりて、一年《ねん》うち通しの夫れは誠の商賣人、片手わざにも夏より手足を色どりて、夏着の支度もこれをば當てぞかし、南無や大鳥大明

たけくらべ〔文学界〕

して、明治二十九年十一月に死去する。

樋口一葉は竜泉寺町（現・東京都台東区）に住んでいた。現在の竜泉三の十五の二の歩道には「樋口一葉旧居跡」の石碑が建っている。ここでの見聞をもとにして『たけくらべ』が書かれたとされている。吉原神社の宵宮《よいみや》の前日から、三の酉《とり》過ぎの晩秋、初冬の季節の移ろいと、大黒屋の美登利《みどり》、龍華寺の信如《しんにょ》、女金貸しの孫正太郎《しょうたろう》、鳶《とび》の頭《かしら》の息子長吉《ちょうきち》などの登場人物の生活がいきいきと描かれた作品。

一九五五（昭和三十）年には美空ひばりの主演で映画化されている。その他一九七三（昭和四十八）年には中野良子の主演でTBSがテレビドラマ化、一九七四年にはNET（現在のテレビ朝日）が由美かおるの主演でテレビドラマ化している。

問

★★★
①
大廈

※★三つですが、あえてノーヒント。難しく考えると、かえって「何だあ」ってことに

◉［…］三島神社《みしまじんじゃ》の角《かど》をまがりてより是《こ》れぞと見《み》ゆる**大廈**《□□》もなく、［…］

★
②
頓馬

※これは普通に音読みすれば読めるので★一つ

◉［…］間抜《まぬけ》に脊《せ》のたかい大人《おとな》のやうな面《つら》をして居《ゐ》る團子屋《だんごや》の**頓馬**《□□》が、［…］

★★
③
冷語

※「れいご」ではなく、和語で四音節。お店などで商品を「見てるだけで買わない人」のことをこう呼ぶこともある

◉［…］お前《まへ》は學《もの》が出來《でき》るからね、向《むか》ふの奴《やつ》が漢語《かんご》か何《なに》かで**冷語**《ひや□□》でも言《い》つたら、此方《こっち》も漢語《かんご》で仕《し》かへしておくれ、あゝ好《い》い心持《こゝろもち》だ、さつぱりした［…］

★
④
怠惰もの

※こういう名前のサルがいます

◉［…］**怠惰もの**《□□□》なれば十日《とうか》の辛棒《しんぼう》つゞかず、一ト月《つき》と同《おな》じ職《しょく》も無《な》くて［…］

★
⑤
財産

※「ざいさん」ではなく、和語で三音節。財産↓財宝↓宝、だから

◉［…］大路《おほぢ》に立《た》ちて二三人《にん》の女房《にようぼう》よその**財産**《□□□》を數《かぞ》へぬ。

答

① いゑ【大厦】（いえ） ◉たけくらべ【『文藝倶樂部』第2巻 第5編】 36頁

② とんま【頓馬】 ◉同 39頁

③ ひやかし【冷語】 ◉同 40頁

④ なまけ・もの【怠惰もの】 ◉同 44頁

⑤ たから【財産】 ◉同 45頁

A

◉《常用漢字・現代仮名遣い・振仮名》で味わう原文と解説

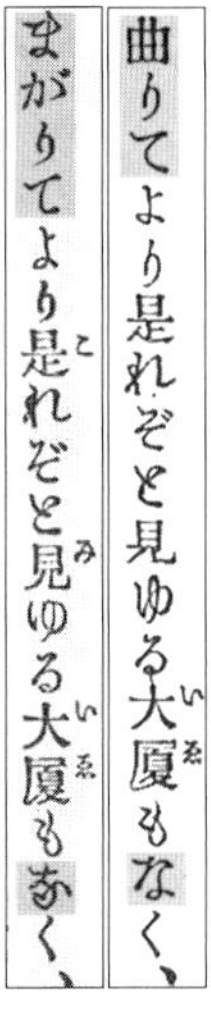
曲りてより是れぞと見ゆる大厦《いゑ》もなく、

まがりてより是《こ》れぞと見《み》ゆる大厦《いゑ》もなく、

右は『文学界』版で、左は『文藝倶楽部』版。「曲り――まがり」、「な」の字に違いがある。

①
是《こ》れぞと見《み》ゆる**大厦**《いえ》もなく、

「イエ」に〈大きな建物〉という語義をもつ漢語「タイカ（大厦）」に使う漢字をあてている。漢語「タイカ（大厦）」は日本語の中で古くから使われている。ここでの「イエ」が具体的にどういう「イエ」であるかを漢字で示している。

②
大人《おとな》のような面《つら》をして居《い》る団子屋《だんごや》の**頓馬**《とんま》が、

〈愚かな人〉という語義をもつ「トンマ」に漢字「頓馬」をあてている。「鈍間」「頓間」と書かれることもあった。

③
漢語《かんご》か何《なに》かで**冷語**《ひやかし》でも言《い》ったら、此方《こっち》も漢語《かんご》で仕《し》かえしておくれ、

「ヒヤカシ」に〈ひややかなことば・あざけりのことば〉という語義をもつ「レイゴ（冷語）」に使う漢字をあてている。明治期に出版された、漢語を見出し項目とす

る漢語辞書『必携熟字集』には「冷語　ニガクチ」とある。ちなみにいえば、この発言によって、「漢語を使える」ということに価値が認められていることがわかる。

④

怠惰《なまけ》ものなれば十日《とおか》の辛棒《しんぼう》つづかず、

「ナマケ（モノ）」に漢語「タイダ」に使う漢字「怠惰」をあてている。明治十五年に出版された『文明いろは字引』という漢語辞書には「嬾惰（らいだ）ナマケモノ」（五十九丁表）とある。ちなみにいえば、英語で「sloth」という動物の「ナマケモノ」は初めは「木狗」「樹懶」と呼ばれていたが、次第に和語で「ナマケモノ」と呼ばれるようになったとの指摘がある。

⑤

二三人《にさんにん》の女房《にょうぼう》よその財産《たから》を数《かぞ》えぬ。

「タカラ」に漢語「ザイサン」に使う漢字「財産」をあてている。「タカラ」の語義は（抽象的で）ひろがりをもっているので、この文脈では具体的にどのような「タカラ」のことをいっているのかを漢字で示したとみることができる。「シゴト」に「裁縫」をあてる（本書63頁参照）のも同様のあてかた。

第二十一節　『金色夜叉』（明治三十年より連載開始）の難読漢字

扉コラム②　未完の大作は門弟によって終幕を得る

尾崎紅葉（一八六七〜一九〇三）の長編小説。明治三十（一八九七）年一月一日から三十五年五月十一日まで断続的に『読売新聞』に掲載された。単行本は「前編」が明治三十一年七月、「中編」が明治三十二年一月、「後編」が明治三十三年一月、「続編」が明治三十五年四月、「続々編」が明治三十六年六月に刊行されている。

紅葉は、明治三十二年頃から健康を損ね、『金色夜叉』を完成させることなく明治三十六年十月三十日に死去する。門弟小栗風葉《おぐりふうよう》は『終編金色夜叉』（明治四十二年四月、新潮社刊）を書いて小説を終わらせている。

高等中学生の間貫一《はざまかんいち》は、寄食している鴫沢《しぎさわ》家の娘宮《みや》と婚約していたが、

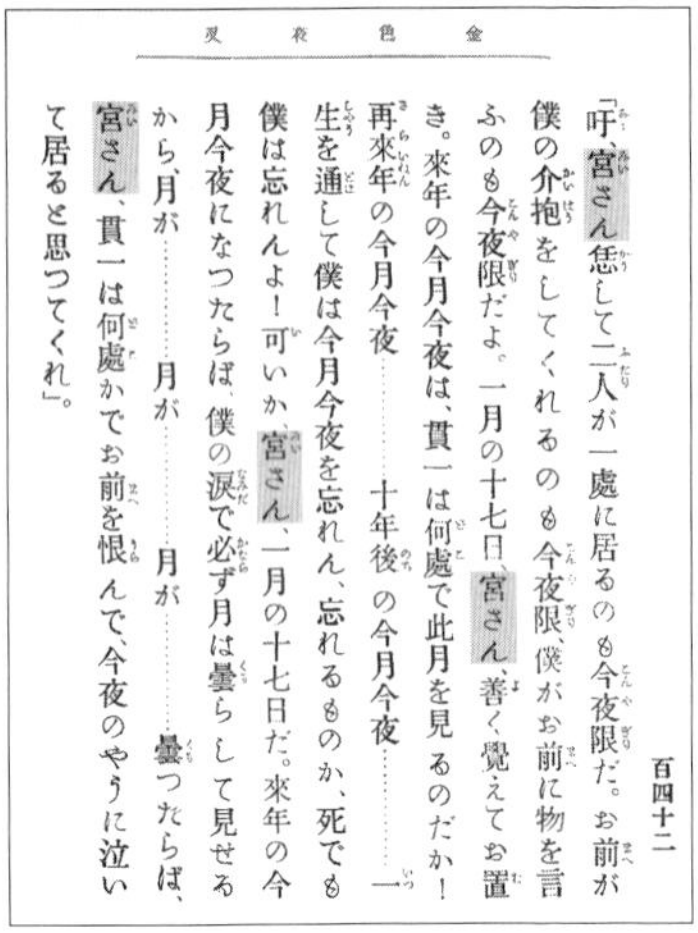
叉　夜　色　金

百四十二

「吁《あゝ》、宮《みい》さん恁《かう》して二人《ふたり》が一處に居るのも今夜限《こんやぎり》だ。お前《まへ》が僕の介抱《かいはう》をしてくれるのも今夜限《こんやぎり》、僕がお前《まへ》に物を言ふのも今夜限《こんやぎり》だよ。一月の十七日、宮さん、善《よ》く覺えてお置《お》き。來年の今月今夜は、貫一は何處《どこ》で此月を見るのだか！再來年《さらいねん》の今月今夜……十年後《のち》の今月今夜……一生《いつしやう》を通《どほ》して僕は今月今夜を忘れん、忘れるものか、死でも僕は忘れんよ！可《い》いか、宮《みい》さん、一月の十七日だ。來年の今月今夜になつたらば、僕の涙《なみだ》で必《かなら》ず月は曇《くも》らして見せるから、月が……月が……月が……曇《くも》つたらば、宮《みい》さん、貫一は何處《どこ》かでお前《まへ》を恨《うら》んで、今夜のやうに泣いて居ると思つてくれ」。

右は『金色夜叉』前編142頁。1頁におよぶ貫一の長口上のなかに「宮さん」が4つでてくる。うち2つめのそれには振仮名がない。いずれにせよ、月夜の晩、人はとかくセンチメンタルになるものである。

宮は資産家の富山唯継《とみやまただつぐ》に嫁ぐことになる。貫一は熱海の海岸で宮を蹴倒し行方をくらます。やがて貫一は高利貸しとなる。熱海サンビーチにはこの場面を表わした銅像があるが、貫一は下駄を履いている。一方、前編の口絵（152頁参照）では貫一は革靴を履いている。

「僕がお前《まへ》に物を言ふのも今夜限《こんやぎり》だよ。一月の十七日、宮さん、善《よ》く覚えてお置《お》き。來年の今月今夜は、貫一は何處《どこ》で此月を見るのだか！（中略）來年の今月今夜になつたらば、僕の涙《なみだ》で必《かなら》ず月は曇《くも》らして見せるから、月が……月が……月が……曇《くも》つたらば、宮《みい》さん、貫一は何《ど》處《こ》かでお前《まへ》を恨《うら》んで、今夜のやうに泣いて居ると思つてくれ」（前編一四二頁）は有名なくだり（振仮名でわかるように、貫一は宮のことを「みいさん」と呼んでいる）。

近時、堀啓子の研究によって、十九世紀末から二十世紀初頭にかけて英米両国で人気を博していた女性作家バーサ・M・クレー（Bertha M. Clay）の『WEAKER THAN A WOMAN（女より弱きもの）』によって着想を得たものであることが明らかにされた。

問

★★
① **哀切**

※「あいせつ」以外の読み。和語で四音節。【ヒント】枕草子は「ものの□□□」の文学といわれます。名詞形にして「あ□□さ」

★★★
② **粗なげに**

※「そんな、は□□ないマネはやめなさい」

★★★
③ **多時**

※「カンイチさん、□□□□ぶり」「おお、宮《みい》さん、□□□□見ない間に、また別嬪になって」（注＝こんな会話は出てきません）

★★★
④ **驀直**

※「一目散」「ひたすら」に近い意味。そういえば「猫□ッ□□□」というキャッチコピーで猫用の缶詰を売るテレビCMがありました

★★★
⑤ **犇と**

※ここでは「しっかりと」の意。狭い部屋に牛が三匹もいたら、さぞかし「犇めく」ことでしょう。「犇犇と」なんか六匹います

◉［…］飲過《(のみす)》ぎし年賀《ねんが》の歸來《かへり》なるべく、疎《まばら》に寄《よ》する獅子《し、》太皷《だいこ》の遠響《とほひゞき》は、はや今日《けふ》に盡《(つ)》きぬる三箇日《さんがにち》を惜《(おし)》むが如く、其《そ》の**哀切**《あ□□さ》に小《ちひさ》き腸《はらわた》は斷《た、》れぬべし。

◉［…］乾《から》びたる葉を**粗なげに**《は□□》鳴《(なら)》して、吼《ほ》えては走行《はしりゆ》き、狂《くる》ひては引返《(ひきかえ)》し、揉《も》みに揉んで獨《ひと》り散々《さんぐ》に騒《さわ》げり。

◉**多時**《□□□□》靜《しづか》なりし後、遙《はるか》に拍子木《へうしぎ》の音は聞えぬ。其響《そのひゞき》の消《き》ゆる頃忽《(たちま)》ち［…］

◉車夫《しやふ》の倦《か》く答へし後は語絶《ことばた》えて、車は**驀直**《□□□□》に走《はし》れり。紳士《しんし》は二重外套《にぢうぐわいたう》の袖《そで》を**犇と**《□□》掻合《かきあは》せて、獺《かはうそ》の衿皮《えりかは》の内に耳より深く面《おもて》を埋《うづ》めたり。

答

①あはれさ【哀切】（あわれさ）　◉金色夜叉【明治31年・初版】1頁

②はした・なげに【粗なげに】　◉同　2頁

③しばらく【多時】　◉同　3頁

④ましぐら【驀直】　◉同　4頁

⑤ひし・と【犇と】　◉同　4頁

A

◉《常用漢字・現代仮名遣い・振仮名》で味わう原文と解説

① 其《そ》の**哀切《あわれさ》**に小《ちい》さき腸《はらわた》は断《た》れぬべし。

「アワレサ」に、漢語「アイセツ」に使う漢字をあてている。常用漢字表では「哀」字に「あわれ・あわれむ」の訓を認めているので、「哀れさ」が現在では一般的な書き方ということになる。

「哀」字は「アハレブ・アハレ・アハレム」の訓を古くからもっているので、明治期においても「哀れさ」と書くことはもちろん可能で、そのことからすれば、「哀切」をあてたことにはある種の「意図」を感じる。

② 乾《から》びたる葉《は》を**粗《はした》**なげに鳴《な》らして、

「ハシタ（ナゲニ）」に「粗」字をあてている。「粗」字には〈あらい・そまつな〉という字義がある。一方「ハシタナイ」には〈ぶしつけだ〉という語義があるが、両者の重なり合いはそれほどではない。したがって、これは読みにくそう。

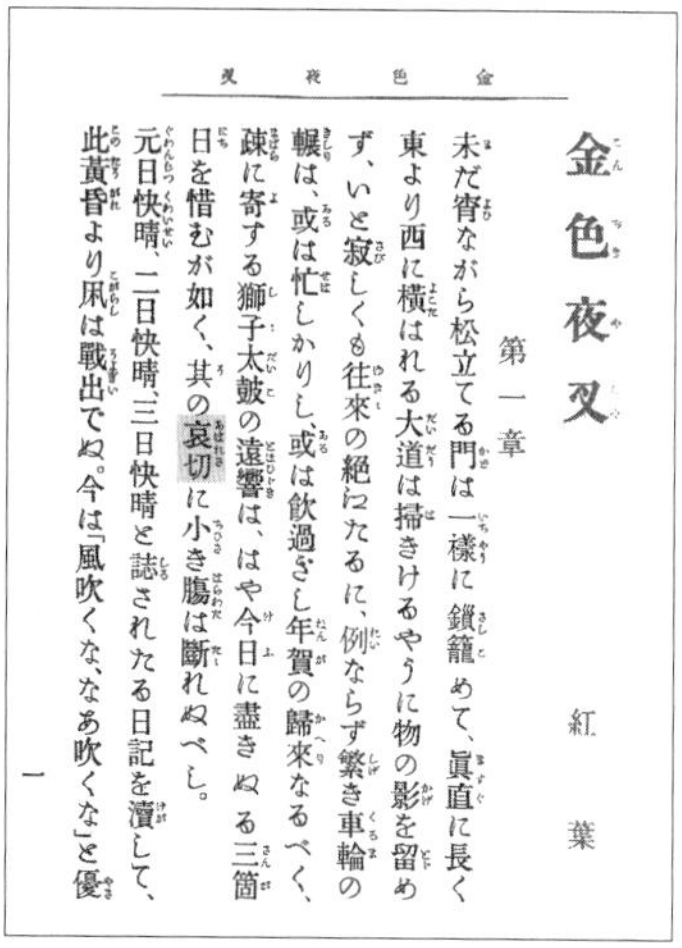

金色夜叉

金《こん》色《じき》夜《や》叉《しや》

紅葉

第一章

未《ま》だ宵《よひ》ながら松立てる門《かど》は一樣《いちやう》に鎖籠《さしこ》めて、眞直《ますぐ》に長く東より西に横《よこた》はれる大道《だいだう》は掃《は》きけるやうに物の影《かげ》を留《とゞ》めず、いと寂《さび》しくも往來《ゆきゝ》の絶《た》えたるに、例《たい》ならず繁《しげ》き車輪《くるま》の輾《きしり》は、或《あるひ》は忙《せは》しかりし、或《あるひ》は飲過ぎし年賀《ねんが》の歸來《かへり》なるべく、疎《まばら》に寄《よ》する獅子《しし》太鼓《だいこ》の遠響《とほひゞき》は、はや今日《けふ》に盡きぬる三箇《さんが》日《にち》を惜むが如く、其《そ》の哀切《あはれさ》に小《ちひ》さき腸《はらわた》は斷《た》れぬべし。元日快晴《ぐわんじつくわいせい》、二日快晴、三日快晴と誌《しる》されたる日記を瀆《けが》して、此黄昏《このたそがれ》より凩《こがらし》は戰出《そよぎい》でぬ。今は「風吹くな、なあ吹くな」と優《やさ》

一

『金色夜叉』本文冒頭頁

③
多時《しばらく》静《しず》かなりし後《のち》、遙《はる》かに拍子木《ひょうしぎ》の音《おと》は聞《き》こえぬ。

「シバラク」に〈しばらくの間〉という語義をもつ漢語「タジ」に使う漢字をあてている（「シバラク」を〈少ない〉側でとらえれば、「須臾」や「少時・小時」「少頃」「暫時」といった漢字をあてることになるし、「シバラク」を〈多い〉側でとらえれば、「久濶」や、ここのように「多時」といった漢字をあてることになる）。これも「シバラク」の「内実」を漢字で示している例。

④
車《くるま》は**驀直《ましぐら》**に走《はし》れり。

「マシグラ」に漢字「驀直」をあてている（「マシグラ」に促音が加わって、語調が強められたのが「マッシグラ」。「ヤハリ」と「ヤッパリ」など類例は少なくない）。『吾輩ハ猫デアル』では「マッシグラ」に「驀地」があてられていた（本書29頁参照）。「驀」は「バクシン（驀進）」に使う。

⑤
紳士《しんし》は二重外套《にじゅうがいとう》の袖《そで》を**犇《ひし》と**掻《か》き合《あ》わせて、

「ヒシ（ト）」に漢字「犇」をあてている。「犇」字には〈牛が驚いて走る〉という字義がある。なにしろ牛が三頭ですからね。

★★★
⑥
熱蒸

★★★
⑦
躬

★
⑧
數多

★★★
⑨
起肩

★★
⑩
尋常

※むんむん。「ねつむし」でも「あつむし」でもありません。和語で三音。「人《ひと》□□□」「草《くさ》□□□」

※落語通にしかわからないヒント。「み□□らことの姓名は、父はもと京都の産にして、姓は安藤、名は慶三…」(「たらちね」の一節)

※常用漢字では「数多」。文字どおり「数が多い」こと

※肩を「い□らせる」といいますが、それが板に付くと、「い□□かた」。こわいお兄さんがこれで街を闊歩します

※国語の本に場違いなヒント。数学で〝ルート3〟を「□□なみにおごれや(1・7320508…)」と覚えたものです

◉蠟燭《らふそく》の燄《ほのほ》と炭火《すみび》の熱《ねつ》と多人數《たにんず》の**熱蒸**《□□□》と混《こん》じたる一種《いつしゆ》の溫氣《うんき》は殆《ほとん》ど凝《こ》りて動《うご》かざる一間《ひとま》の內《うち》を、莨《たばこ》の煙《けふり》と[…]

◉[…]小豆鼠《あづきねずみ》の縮緬《ちりめん》の羽織を着たるが、人の打騒《うちさわ》ぐを興《きよう》あるやうに涼《すゞし》き目《め》を瞪《みは》りて、**躬**《み□□ら》は淑《しとや》かに引繕《ひきつくろ》へる娘《むすめ》あり。

◉娘も**數多**《□□□》居たり。

◉[…]其《その》**起肩**《い□□かた》に紋御召《もんおめし》の三枚襲《がさね》を被《かつ》ぎて、帯《おび》は紫根《しこん》の七絲《しちん》に百合《ゆり》の折枝《をりえだ》を縒金《よりきん》の盛上《もりあげ》にしたる、[…]

◉妻《つま》は**尋常**《□□なみ》より小《(ちいさ)》きに、夫《をつと》は勝《すぐ》れたる大兵肥滿《だいひやうひまん》にて、彼の常に心遣《こゝろづかひ》ありげの面色《おもゝち》なるに引替《ひきか》へて、生《い》きながら布袋《ほてい》を見る如き福相《ふくさう》したり。

答

⑥ いきれ【熱蒸】 ◉金色夜叉【明治31年・初版】7頁

⑦ みづから【躬】（みずから） ◉同 9頁

⑧ あまた【數多】 ◉同 9頁

⑨ いかりかた【起肩】 ◉同 10頁

⑩ ひとなみ【尋常】 ◉同 12頁

A

◉《常用漢字・現代仮名遣い・振仮名》で味わう原文と解説

⑥

多人数《たにんず》の熱蒸《いきれ》と混《こん》じたる一種《いっしゅ》の温気《うんき》は

〈むされるような熱気やにおい〉という語義をもつ「イキレ」に漢字「熱蒸」をあてている。現代では、ヒントにもあったように「ヒトイキレ」と「クサイキレ」ぐらいしか「イキレ」を使わないので、読みにくいでしょうね。

⑦

躬《みずから》は淑《しと》やかに引《ひ》き繕《つくろ》える娘《むすめ》あり。

「ミ」に漢字「躬」をあてている。百人一首が好きな人なら、凡河内躬恒《おおしこうちのみつね》を思い出すでしょうか。「躬」字には〈み・からだ〉という字義があるので、書き方としては自然なものであるが、「躬」字は常用漢字表に載せられていない上に、この字を含む漢語も現在ではほとんど使われていないので、案外と読みにくいのでは？

⑧

娘《むすめ》も数多《あまた》居《い》たり。

「アマタ」に漢字「数多」をあてている。現在でもこのような使い方をすることがある。

ＡＴＯＫ２０１２では「アマタ」と入力して漢字変換キーを押すと「数多」がすぐにでてくる。

⑨

其《そ》の**起肩**《いかりかた》に紋御召《もんおめし》の三枚襲《さんまいがさね》を被《かつ》ぎて、

〈角張った肩〉、「イカリカタ」に漢字「起肩」をあてている。「怒肩」と書けばわかりやすいが、これも読みにくそう。

⑩

妻《つま》は**尋常**《ひとなみ》より小《ちい》さきに、夫《おっと》は勝《すぐ》れたる大兵肥満《だいひょうひまん》にて、

「ヒトナミ」に漢語「ジンジョウ」に使う漢字をあてている。『言海』は普通用の漢字として「人並」を掲げて、語釈末に「尋常」を示している。

第二十二節『若菜集』（明治三十年初版刊行）の難読漢字

扉コラム③　読み継がれる、日本近代詩の〝ボジョレー・ヌーボー〟

島崎藤村（一八七二〜一九四三）の第一詩集。東北学院の教員として赴任した仙台時代の詩五十一編をあつめ、明治三十（一八九七）年八月二十九日に春陽堂から「實價《実価》金貳拾《二十》五錢《銭》」で刊行された。表紙見返しの表には、「こゝろなきうたのしらべは／ひとふさのぶだ《ど》うのごとし／なさけあるてにもつまれて／あたゝかきさけとなるらむ」（スラッシュは改行＝以下同）に続く十二行が記され、その裏には、

「明治二十九年の秋より三十年の春へかけてこゝろみし根／無草の色も香もなきをとりあつめて若菜集とはいふなり、／このふみの世にいづべき日は青葉のかげ深きころになり／ぬとも、

稿者所持の『若菜集』第七版の表紙。紺色の地に揚羽蝶の白抜き。そこに隷書体の書名。下部の若菜とおぼしき草が「出」字のようでかわいらしい。左下の丸窓には崩し字で「春陽堂 發兌」。

『若菜集』の挿絵。まさに花鳥風月といった趣きをかもしだしている。ちなみに右上の思索する書生風の男子は「草枕」と題する詩の一編に挿入されている。近代は若者が思索し、また詩作する時代であった。

そは自然のうへにこそあれ、吾歌はまだ萌え出し／まゝの若菜なるをや」と記されている。

「夏の夜」「春の曲」「森林の逍遙」三編以外の作品はすべて『文学界』に発表されている。「まだあげ初《そ》めし前髪《まへがみ》の／林檎のもとに見えしとき／前にさしたる花《はな》櫛《ぐし》の／花ある君と思ひけり」（『初戀』）はよく知られている。

稿者の所持している第七版は明治三十五年の十月七日に刊行されているが、この第七版の刊記によれば、初版が刊行された九ヶ月後の三十一年五月二十七日には再版が、三十一年の十一月十一日には第三版が、三十二年の四月二十二日には第四版が、同十月二十二日には第五版が、三十四年の九月十日には第六版が刊行されており、多くの人に受け入れられた詩集であったことがわかる。

★★
①
末路

※「まつろ」以外の読み
和語で二音節
「さい□□の地、稚内」

◉名《な》の夕《ゆふ》暮《ぐれ》に消えて行く
秀《ひい》でし人の**末路**□□も見き

★
②
口唇

※軽く噛んだり、とがらせたり、
赤い林檎に寄せてみたり

◉音《ね》にこそ渇《かわ》け**口唇**□□の
笛を尋《（たず）》ぬる風《ふ》情《ぜい》あり

★
③
火炎

※「かえん」以外の読み
和語で三音節

◉心のみかは手も足も
吾身はすべて**火炎**□□なり

★★
④
悲痛

※「ひつう」以外の読み
和語で四音節

◉あゝ孤獨《ひとりみ》の**悲痛**□□を
味《（あじわい）》ひ知れる人ならで

★★
⑤
憂愁

※「ゆうしゅう」以外の読み
和語で三音節

◉君がまなこに涙あり
君が眉には**憂愁**□□あり

答

①　はて【末路】　◉若菜集【明治35年・第7版】4頁

②　くちびる【口唇】　◉同11頁

③　ほのほ【火炎】（ほのお）　◉同19頁

④　かなしさ【悲痛】　◉同39頁

⑤　うれひ【憂愁】（うれい）　◉同62頁

A

◉《常用漢字・現代仮名遣い・振仮名》で味わう原文と解説

①

名《な》の夕暮《ゆうぐ》れに消《き》えて行《ゆ》く／秀《ひい》でし人《ひと》の末路《はて》も見《み》き

「ハテ」に漢語「マツロ」に使う漢字をあてた。「ハテ」も、それが置かれた文脈によって具体的な語義がかわる語であると思われ、漢字「末路」が「ハテ」の語義を限定しているようにみえる。

②

音《ね》にこそ渇《かわ》け口唇《くちびる》の／笛《ふえ》を尋《たず》ぬる風情《ふぜい》あり

「クチビル」に漢語「コウシン」に使う漢字をあてている。常用漢字表では「唇」字に「くちびる」という訓を認めている。「唇」一字でも「クチビル」という語を書くことができるはずであるが、あえて漢字「口唇」をあてているようにみえる。

③

心《こころ》のみかは手《て》も足《あし》も／吾《わ》が身《み》はすべて火炎《ほのお》なり

「ホノオ」に漢語「カエン」に使う漢字をあてている。「炎」字一字でも「ホノオ」を書くことができるので、②と同じような書き方。

④ あゝ孤独《ひとりみ》の**悲痛《かなしさ》**を／味《あじ》わい知《し》れる人《ひと》ならで

「カナシサ」に漢語「ヒツウ」に使う漢字をあてている。「悲」字一字でも「カナシサ」を書くことができる。

⑤ 君《きみ》がまなこに涙《なみだ》あり／君《きみ》が眉《まゆ》には**憂愁《うれい》**あり

「ウレイ」に漢語「ユウシュウ」に使う漢字をあてている。「憂」字も「愁」字も「ウレイ」という訓をもっているので、どちらか一字でも「ウレイ」を書くことができる。「君が眉には憂愁あり」が七音五音であることがわかれば、「憂愁あり」が「ウレイアリ」であることはわかりやすい。そういう意味合いにおいては、定型詩の中での漢字の使用は散文よりも自由度がたかいかもしれない。

第二十三節『小公子』（若松賤子・訳　明治二十三年より連載開始　三十年刊）の難読漢字

扉コラム④　口語体の名訳として愛読、日本初の少年少女文学

若松賤子《わかまつしずこ》（一八六四〜一八九六）がバーネットの『Little Lord Fauntleroy（リトル・ロード・フォントルロイ）』を翻訳し、明治二十三（一八九〇）年八月から明治三十年一月にかけて『女学雑誌』（博文館刊）に発表したものが『小公子』である。

若松賤子は岩代国《いわしろのくに》会津郡若松（現在の福島県会津若松市）に生まれ、横浜に出てミス・キダーの学校（現在のフェリス女学院）の生徒となる。成績が優秀だったために母校の英語教師となった。『女学雑誌』の主筆であっ

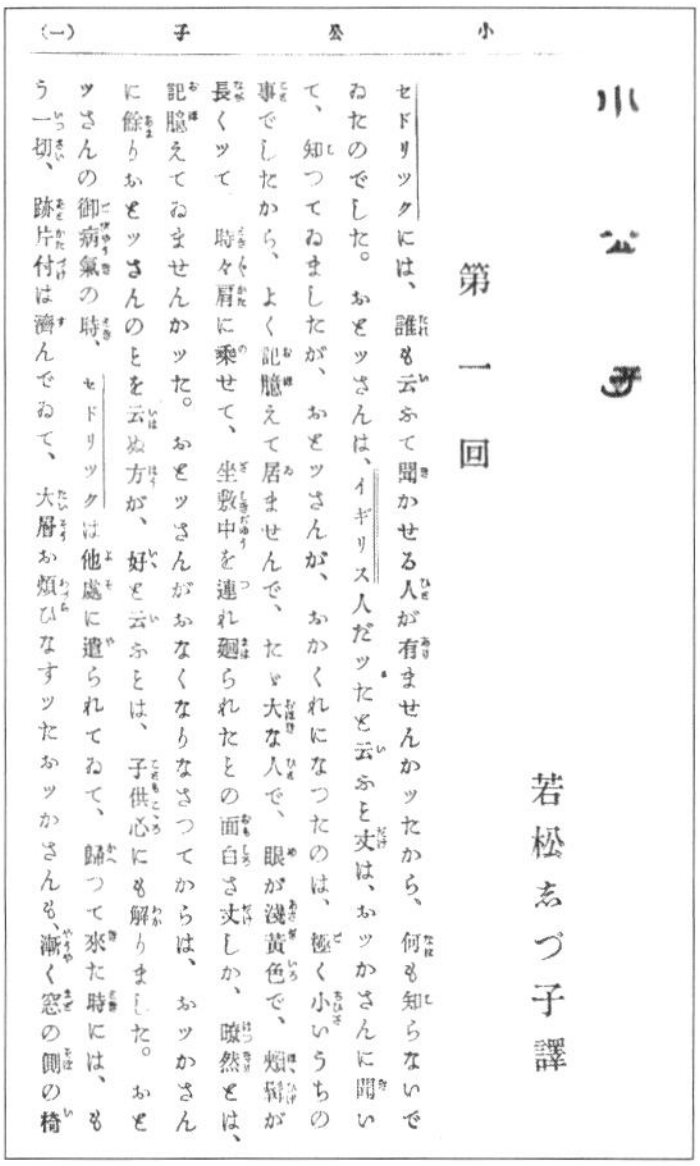

小公子（一）

小公子

第一回

若松志づ子譯

セドリックには、誰《たれ》も云《い》ふて聞《き》かせる人《ひと》が有《あり》ませんかッたから、何《なに》も知《し》らないでゐたのでした。おとッさんは、イギリス人だッたと云《い》ふ丈《だけ》は、おッかさんに聞《き》いて、知《し》つてゐましたが、おとッさんが、おかくれになつたのは、極《ご》く小《ちひ》さいうちの事《こと》でしたから、よく記臆《おぼ》えて居《ゐ》ませんで、たゞ大《おほき》な人《ひと》で、眼《め》が淺黄色《あさぎいろ》で、頰髯《ほゝひげ》が長《なが》くッて、時々《ときどき》肩《かた》に乘《の》せて、坐敷中《ざしきぢゆう》を連《つ》れ廻《まは》られたとの面白《おもしろ》さ丈《だけ》しか、瞭然《はつきり》とは、記臆《おぼ》えてゐませんかッた。おとッさんがおなくなりなさつてからは、おッかさんに餘《あま》りおとッさんのとを云《いは》ぬ方《はう》が、好《い》いと云《い》ふとは、子供心《こどもごころ》にも解《わか》りました。おとッさんの御病氣《ごびやうき》の時《とき》、セドリックは他處《よそ》に遣《や》られてゐて、歸《かへ》つて來《き》た時《とき》には、もう一切《いつさい》、跡片付《あとかたづけ》は濟《す》んでゐて、大層《たいそう》お煩《わづら》ひなすッたおッかさんも、漸《やうや》く窓《まど》の側《そば》の椅《い》

た巌本善治《いわもとよしはる》と結婚する。

イギリスのドリンコート伯爵のあととりであるセドリックをめぐる物語で、キリスト教の精神がよく表現されていて、口語体の名訳としてよく知られている。

明治三十年一月二十七日には単行本として博文館から出版される。明治三十四年十一月には第五版、明治四十二年一月には第十五版、明治四十四年六月三十日には第二十版が刊行されており、人々に受け入れられた。

下図は稿者所持の第二十版の表紙。

★★★

①

瞭然

※一目瞭然とはならず。「りょうぜん」以外の読みで。「郵便番号は、は□□りと」（郵便局の呼びかけ広告より）

◉［…］時々《ときぐ》肩《かた》に乗《の》せて、坐《ざ》敷中《しきぢゆう》を連《つ》れ廻《まは》られたことの面白《おもしろ》さ丈《だけ》しか、**瞭然**《は□□り》とは、記憶《おぼ》えてゐませんかッた。

★★

②

暖室爐

※寒い地方の冬には欠かせません。太宰治の郷里を走る津軽鉄道は、客車にこれが設置された「□□□□列車」で有名

◉［…］さうして、**暖室爐**《ス□□ブ》のまへや、窓《まど》の側《そば》に、じッと黙《だま》つて坐《すわ》つて入《いら》ッしやる様《やう》な時《とき》には、［…］

★★★

③

姿色

※「すがたいろ」ではありません。四文字。「□りやう《りょう》」

◉おッかさんは、大層《たいそう》な御《ご》**姿色**《□りやう》好《よ》しで、其時分《そのじぶん》、ある金持《かねもち》の婦人《ふじん》の介添《かいぞへ》になつて入《い》らしッた處《ところ》が、［…］

★★

④

凜々敷

※そのまま読めば「りんりんしき」。これをちょっと変えると…

◉［…］男《をとこ》らしく、**凜々敷**《□□》性質《しいせいしつ》は一《ひと》つも備へ《そな（え）》ず、只自身《たゞじしん》の慾《よく》を恣《ほし》いまゝに［…］

★

⑤

親交

※「しんこう」以外の読みで。三音「□□み」。「誼（み）」と書くこともあります

◉［…］此文通《このぶんつう》があつてからは、最早親《もはやおや》子《こ》の間《あひだ》の**親交**《□□み》は全《まつた》く斷絶《だんぜつ》したといふことを、［…］

答

①　はつきり【瞭然】（はっきり）　◉小公子【明治44年・第20版】1頁

②　ストーブ【暖室爐】　◉同　3頁

③　きりやう【姿色】（きりょう）　◉同　4頁

④　りゝしい【凜々敷】（りりしい）　◉同　5頁

⑤　よしみ【親交】　◉同　7頁

A

◉《常用漢字・現代仮名遣い・振仮名》で味わう原文と解説

① 面白《おもしろ》さ丈《だけ》しか、**瞭然**《はっきり》とは、記憶《おぼ》えていませんかった。

「ハッキリ」に〈あきらかな〉さまを表わす漢語「リョウゼン」に使う漢字をあてている。これまでにもでてきたように、「ハッキリ」には「判明」「判然」「分明」などがあてられることもあった。一語多表記の例。

② そうして、**暖室爐**《ストーブ》のまえや、窓《まど》の側《そば》に、じっと黙《だま》って坐《すわ》って

「ストーブ」に漢字「暖室爐」をあてている。明治期には「ダンシツロ」という語も使われていた。田中義廉の編纂した『小学読本』三にも使われている。「暖炉」や「火炉」があてられることもあった。

③ おっかさんは、大層《たいそう》な御**姿色**《ごきりょう》好《よ》しで、

漢語「キリョウ」に漢語「シショク」に使う漢字をあてている。こうしたことは中国語の中ではできない。「キリョウ」はよく使われる語であるが、明治期にはこ

の「姿色」の他に、「姿容」「標到」「容貌」「標緻」などがあてられることもあった。

④
男《おとこ》らしく、**凜々**《りり》**敷**性質《しいせいしつ》は一《ひと》つも備《そな》えず、

「リリシイ」に漢字「凜々敷」をあてている。「凜」字字義は〈きびしい・はげしい〉であるので、「リリシイ」の語義と重なり合いがある。さらに「凜」字の音は「リン」であるので、「リリシイ」の「リ」を引き出すこともできる。音も義も使った巧みなあてかたといえよう。

⑤
最早《もはや》親子《おやこ》の間《あいだ》の**親交**《よしみ》は全《まった》く断絶《だんぜつ》したということを、

〈親しい交際〉という語義をもつ「ヨシミ」に漢語「シンコウ」に使う漢字をあてている。「好」「誼」一字で書くこともある。

問

★
⑥
市街

★★
⑦
少な

★
⑧
柔和く

★★
⑨
朋友

★
⑩
談話

※「しがい」以外の読み。和語で二音。好評につき再び〝懐メロ〟ヒント。「□□の灯り」が綺麗なのはヨコハマ（だけじゃないけど）

※例文中の少し前にある「大《おほき》な」と対比になっていることから考えて、ほんの少し常識を外して読んでみましょう

※もちろん「にゅうわく」ではありません。送りの「く」も含め四文字。「この読み、★一つなのに、ちっともや□□くないじゃん」

※これからは「メル□□」のことを「メル朋友」と書こうかな

※「だんわ」以外の読み。和語で三音「□□し」。「門前払いだなんて、てんで□□しにならない」

◉其上《そのうへ》、大層《たいそう》人懐《ひとなつ》こく、小《ちひさ》い手車《てぐるま》に乗《の》つて、**市街**《□□》を運動《うんどう》して居《を》る時分《じぶん》、［…］

◉［…］稍《やゝ》成人《せいじん》して、短《みじか》い着物《きもの》を着《き》、大《おほき》な帽子《ばうし》を冠《かぶ》り、**少な**《□□さ》車《くるま》を引《ひつ》ぱッて、乳母《うば》と外《そと》を歩《ある》いてゐる處《ところ》は、實《じつ》に見《み》物《もの》で、よく往來《わうらい》の人《ひと》の足《あし》を止《と》めました。

◉［…］いつも寵愛《ちょうあい》され、**柔和**《や□□》**く**取扱《とりあつか》はれ升《まし》たから、［…］

◉［…］母《はゝ》はセドリックの外《ほか》に**朋友**《□□》を求《もと》めぬ位《くらゐ》でした。

◉其《その》讀《よ》むものゝ中《うち》には、子供《こども》の悦《よろこ》ぶ**談**《□□》**話**《し》もあり、時々《とき〴〵》は成人《おとな》の讀《よ》みさうな書物《しよもつ》も。又稀《またまれ》には、新聞《しんぶん》などもありました。

答

⑥ まち【市街】 ◉小公子【明治44年・第20版】 8頁

⑦ ちひさ・な【少な】（ちいさ・な） ◉同 9頁

⑧ やさし・く【柔和く】 ◉同 10頁

⑨ とも【朋友】 ◉同 11頁

⑩ はなし【談話】 ◉同 11頁

A

◉《常用漢字・現代仮名遣い・振仮名》で味わう原文と解説

⑥ 小《ちい》さい手車《てぐるま》に乗《の》って、**市街**《まち》を運動《うんどう》して居《お》る時分《じぶん》、

「マチ」に漢語「シガイ」に使う漢字をあてている。『言海』は見出し項目「マチ」に普通用の漢字として「町」を掲げている。この字は現在でもごく一般的に使われる。特に〈店がたくさんあって、人が多く集まるにぎやかな所〉を「マチ」と呼ぶ場合がある。「街」字字義には〈大通り・まちなか〉があり、漢字「市街」を使う場合は、そういうことが意識されている場合もありそうに思われる。

⑦ **少**《ちいさ》な車《くるま》を引《ひ》っぱって、乳母《うば》と外《そと》を歩《ある》いている所《ところ》は、

常用漢字表では、「小」字には訓「ちいさい・こ・お」が、「少」字には訓「すくない・すこし」が認められている。「チイサイ」は〈大きい〉の対義語、「スクナイ」は〈多い〉の対義語で、現在では、前者には漢字「小」、後者には漢字「少」を使う（漢字字義をみると、「小」字は〈ちいさい〉であることはもちろんであるが、〈すくない〉という字義もあり、そこに「小」「少」両字が通用する余地がある。明治期は現在ほど截然《せつぜん》と「小」「少」字が使われてはいない）。

⑧
いつも寵愛《ちょうあい》され、**柔和《やさし》く**取扱《とりあつか》われ升《まし》たから、

「ヤサシク」に漢語「ニュウワ」に使う漢字をあてている。「孝順」「有情」「優美」などがあてられることもあった。夏目漱石『虞美人草』にも「柔和《やさし》いんだよ。柔和《やさし》過《す》ぎるよ。」(一六〇頁)とある。

⑨
母《はは》はセドリックの外《ほか》に**朋友《とも》**を求《もと》めぬ位《くらい》でした。

「トモ」に漢語「ホウユウ」に使う漢字をあてている。同門が「朋」で同志が「友」とみることがあるが、「朋」も「友」も字義は〈とも〉であるので、「朋友」は〈とも＋とも〉という構成をとっている。常用漢字表に「朋」は載せられていないが、「人名用漢字」別表第二の中に「朋」は載せられているので、人名に使うことはできる。

⑩
子供《こども》の悦《よろこ》ぶ**談話《はなし》**もあり、

「ハナシ」に漢語「ダンワ」に使う漢字をあてている(現在と同じように「話」一字があてられることもあったが、「譚」一字があてられることもあり、さらには「話譚」「話説」があてられることもあった)。

第二十四節　『不如帰』（明治三十一年より連載開始）の難読漢字

扉コラム⑤　『金色夜叉』と並ぶ明治の大ベストセラー

徳冨蘆花（一八六八〜一九二七）の長編小説。蘆花の本名は健次郎。兄猪一《いいち》郎《ろう》は徳冨蘇峰《そほう》（弟の蘆花には点なしの「冨」字が使われることが多い）。『國民新聞』に明治三十一（一八九八）年十一月二十九日から明治三十二年五月二十四日まで連載された。単行本は明治三十三年一月に民友社から刊行され、多大の反響をよびおこし、『金色夜叉』と並ぶ明治文学屈指のベストセラーとなった。

「第百版不如帰の巻首に」と題された文章中には逗子《ずし》の柳屋《やなぎや》という家に間借りをして住んでいた頃に、そこで懇意になった三十四、五の女性から「悲酸《ひさん》の事實譚《じじつだん》」を聞いたことが記されている。

蘆花自筆、柳屋のたたずまいを描いた岩波版『不如帰』口絵（実物はカラー）。

海辺でもの思う浪子。岩波版『不如帰』口絵。洋画家の黒田清輝の筆による。

蘆花は、その話に「勝手《かつて》な肉《にく》をつけて」「出版《しゆつぱん》したのが此小説不如歸《このせうせつふじよき》で」あり、

「不如歸《ふじよき》のまづいのは自分《じぶん》が不才《ふさい》の致《いた》す處《ところ》、其《それ》にも關《くわん》せず讀者《どくしや》の感《かん》を惹《ひ》く節《ふし》があるなら、其《それ》は逗子《づし》の夏《なつ》の一夕《せき》にある婦人《ふじん》の口《くち》に藉《か》つて訴《うつた》へた『浪子《なみこ》』が自《みづか》ら讀者諸君《どくしやしよくん》に語《かた》るのである。要《えう》するに自分《じぶん》は電話《でんわ》の『線《はりがね》』になつたまでのこと」

と述べている。

国道一三四号線沿いの逗子海岸、高養寺のお堂の前の海の中には、徳富蘇峰の筆による「不如帰」の石碑が昭和八年に建てられている。またJR逗子駅にほど近い和菓子屋さん、三盛楼では「浪子《なみこ》最中《もなか》」が販売されている。これはなかなか上品でおいしいですよ。

問

★★
①
漸次

※現代人は「ぜんじ」としか読みませんが、慣れれば、し□□に読めるようになるかも

★★★
②
ムいます

※「む」以外に読めない？ムリもないことで□□います。ちなみに、丁寧語で□□います

★★
③
整然と

※「せいぜんと」でなく、「きちんと」に近い意味の「ち□□と」

★★★
④
壮夫

※「そうふ」以外の読み。和語で四音。「□□もの」

★★
⑤
含笑まる

※含み笑いしているのか。いいえ、ほ□□んでます

◉[…]**漸次**《し□□》に暮《く》るゝ《(る)》夕空《ゆふぞら》を別《わか》れ〳〵《(わかれ)》に辿《たど》ると見《み》しも暫時《しばし》、[…]

◉「おや、恐《おそ》れ入《い》ります。旦那様《だんなさま》は大《たい》層御緩《そうごゆつく》りでいらつしやいます。……はい、あの先刻若《いましがたわか》い者《もの》を御迎《おむか》へに差《さし》上《あ》げまして**ム**《□□》**います**。もう御帰《おかへ》りで**ム**《□□》**いま**せう《(しょう)》。——御手紙《おてがみ》が——」

◉「嘘《うそ》の様《やう》で**ム**《□□》**います**ねェ。斯様《こんな》に御丸《おま》髷《げ》に御結《おゆ》ひ遊《あそ》ばして、**整然**《ち□□》**と**坐《すわ》つて御出遊《おいであそ》ばすのを見《み》ますと、[…]」

◉[…]「あゝ好心地《い、きもち》！」と入《い》り來《く》る先《せん》刻《こく》の**壮夫**《□□もの》。

◉[…]まだ何処《どこ》やらに幼《をさ》な顔《がほ》の殘《のこ》りて、**含笑**《ほ□□》**まる**可《べ》き男《をとこ》なり。

答

①　しだい【漸次】　◉不如帰【昭和11年・岩波版】2頁

②　ござ・います【厶います】　◉同4頁

③　ちゃん・と【整然と】（ちゃん・と）　◉同5頁

④　わかもの【壮夫】　◉同8頁

⑤　ほゝゑ・まる【含笑まる】（ほほえ・まる）　◉同8頁

A

◉《常用漢字・現代仮名遣い・振仮名》で味わう原文と解説

① **漸次《しだい》に暮《く》るる夕空《ゆうぞら》を別《わか》れ別《わか》れに辿《たど》ると見《み》しも暫時《しばし》、**

漢語「シダイ」を、「次第」ではなく、別の漢語「ゼンジ」に使う漢字で書いた例。このような例は明治期には数多くみられるが、振仮名の支えがないと（絶対にわからないとまではいえないであろうが）わかりにくいことは確かである。

② **先刻《いましがた》若《わか》い者《もの》を御迎《おむか》えに差上《さしあ》げましてム《ござ》います。**

「ム」は漢字のようにみえないが、「シ・ボウ・モ・コウ」という音をもつれっきとした漢字。〈わたし・なにがし〉という字義をもつが、日本では「ゴザル」にあてられた。

③ **整然《ちゃん》と坐《すわ》って御出遊《おいであそ》ばすのを見《み》ますと、**

「チャン（ト）」に漢語「セイゼン」に使う漢字をあてている。歴史的にみても、漢字があてられることはきわめて少なかったと思われる。『言海』は「チャント」を見出し項目としては採用しているが、普通用の漢字は示していない。

④「ああ好心地《いいきもち》！」と入《い》り来《く》る先刻《せんこく》の**壮夫**《わかもの》。

「ワカモノ」に漢語「ソウフ」に使う漢字をあてている。「ソウフ」の語義は〈壮年の男子・働き盛りの男子〉であるので、それが必ずしも「ワカモノ」とは限らないが、そのようにみえる「ワカモノ」ということであろう。

⑤まだ何処《どこ》やらに幼顔《おさながお》の残《のこ》りて、**含笑まる**《ほほえ》可《べ》き男《おとこ》なり。

「ホホエム」に漢語「ガンショウ」に使う漢字をあてている。現在では漢語「ガンショウ」をほとんど使わないので、読みにくい。現在であれば「ホホエム」に「微笑」をあてることはありそうだ。

第二十五節　『巌窟王』（黒岩涙香・訳　明治三十四年連載開始）の難読漢字

扉コラム⑥　『万朝報』に連載された、ほぼ総振仮名の翻案小説

土佐国安芸郡川北村大字前島に生まれた黒岩周六（涙香）は、十六歳の時に大阪英語学校（後に京都に移転して第三高等学校となる。第三高等学校は京都大学の前身）に学ぶ。二十二、三歳の頃から「都新聞」に関わるようになり、この頃から探偵小説の翻訳を始める。『海底之重罪』（明治二十三年刊）によって涙香の名がひろく知られるようになった。

アレクサンドル・デュマの『モンテ・クリスト』を『史外史伝　巌窟《がんくつ》王《おう》』と題して、自らが一八九二年に創刊したタブロイド版の『万朝報《よろずちょうほう》』に明治三十四（一九〇一）年三月十八日から明治三十五年六月十四日まで掲載した。

（四）（明治卅五年十月卅一日第三種郵便物認可）明治三十五年二月二十三日

史外史傳 巖窟王　涙香小史譯

（百九十七）『眞《しん》に濟々《さめざめ》と』

若し伯爵《はくしやく》ダ在宅《ざいたく》ならバ、武之助《たけのすけ》との間《あひだ》に餘《よ》ほどの騒《さわ》ぎダ起《おこ》るに違《ちが》ひ無《な》い。武之助《たけのすけ》は直《すぐ》に其玄關《そのげんくわん》に進《すゝ》んだ。彼《か》れの音《おと》なふ聲《こゑ》に應《おう》じ出迎《でむか》へたハ家扶春田路《はるたぢ》の次《つぎ》に附《つ》く破布池《はふいけ》と云《い》ふ執事《しつじ》である。勿論《もちろん》武之助《たけのすけ》を知《し》て居《ゐ》る『伯爵《はくしやく》ハ御在宅《ございたく》ですか』問《と》ふ武之助《たけのすけ》の言葉《ことば》は毎《いつ》もより嚴格《げんかく》である。破布池《はふいけ》『ハイ、今丁度《いまちやうど》ハ入浴中《にふよくちう》ですダ、其後《そのあと》で食事《しよくじ》を成《な》さッて、其《そ》れから一時間《じかん》お休《やす》みに成《な》り、爾《かう》して今夜《こんや》ハ劇場《げきぢやう》へお出向《でむか》との事《こと》で、正八時《しやうじ》に馬車《ばしや》の用意《ようい》の出來《でき》る樣《やう》にとお言附《いひつけ》ダ有《あ》りましたから。お目《め》に掛《か》られる暇《ひま》は有《あ》るまいと思《おも》ひますダ』暇ダ有らうダ無《な》からうダ武之助《たけのすけ》は其《その》樣《やう》な事《こと》に頓着《とんちやく》は無《な》い。其《その》まゝ湯殿《ゆどの》へまでも暴《あば》れ込《こ》うと云《い》ふ程《ほど》の險幕《けんまく》で居《ゐ》るけれど、劇場《げきぢやう》との一語《ご》に、フト思《おも》ひ附《つ》く事《こと》ダ有《あ》つて、『爾《さう》ですか』と穩《おだや》かに受引《うけひ》いた。劇場《げきぢやう》ならバ巴里《ぱりー》の貴族社會《きぞくしやくわい》、交際社會《かうさいしやくわい》ダ擧《こぞ》ッて集《あつ》まる所《ところ》だから伯爵《はくしやく》を立腹《りつぷく》させるには屈強《くつきやう》である何《なに》も今無理《いまむり》に、此家《このや》の中《うち》へ闖入《ちんにふ》して面會《めんくわい》を求《もと》め、誰《たれ》も見《み》ぬ所《ところ》で爭《あらそ》ふより、萬目《ばんもく》の注《そゝ》ぎ集《あつま》ッて居《ゐ》る棧敷《さじき》の中《なか》で、彼《か》れ伯爵《はくしやく》をバ、人《ひと》に顏向《かほむけ》も出來《でき》ぬほど辱《はづか》しめて呉《く》れゝバ、我父《わがちゝ》野西子爵《のにしゝしやく》の仇《あだ》も幾分《いくぶん》か返《かへ》されると云《い》ふ者《もの》其《そ》れに伯爵《はくしやく》とても公衆《こうしう》の前《まへ》で侮辱《ぶじよく》せられて異逆に決鬪《けつとう》をせぬと云《い》ふ譯《わけ》にも行《ゆ》くまい。ましよし、決鬪《けつとう》の者口《いとぐち》を開《ひら》く手順《てじゆん》へ定《さだ》ッ

に賞《け》□の運 が最《も》も、父で にも云《い》ひ、う父《ちゝ》の容子《ようす》ても傷《いた》はしの舊惡《きうあく》あるひ、肩身《かたみ》爽はれ交際場《かうさいば》ダ、一朝思《てうし》世間《けん》に顏も消《き》ッてれ、も打塞《うちふさ》いで分《ぶん》から泣出《なきだ》鄕《がう》うと疑《うたが》は二階《かい》に上《あが》ッ人《ひと》の影《かげ》は無《な》に入《い》って見《み》るそ猶《な》ほ若《わか》くダ揮《ふ》てあるダ今歸《いまかへ》て參《まゐ》壁《へき》に響《ひゞ》て物《もの》と答《こた》へて居《ゐ》と語《ご》を繼《つ》いれ其《そ》の兩手《りやうて》ふ相手《あひて》無《な》き事《こと》ダ、一時《じ》此世《このよ》に最《も》うひ差《さ》して泣《な》

明治三十八年七月十日に扶桑堂から『巌窟王』巻之一が刊行され、以下同年九月二十九日には巻之二が、明治三十九年三月一日には巻之三が、同年六月二十日には巻之四が刊行され、以降版を重ねていく。

図版は稿者が所持する『万朝報』の切り抜き（部分。左の六点はその拡大）。明治三十五年二月二十三日、第一九七回にあたる。図でわかるように、漢数字以外のすべての漢字に振仮名が施されている。漢数字には習慣的に振仮名を施さないことが多い。

★
①
差圖

※「差図」なら読めるかな

★
②
指圖

※「指図」なら読めるでしょ

★★★
③
管る

※「くだる」ではない。「管理する」「任される」に近い意味。送りの「る」を含め四音節。「あ□□る」。船を「あやつる」でもない

★★★
④
馬港

※フランスの地名。地中海に面した港町。「マ□□□ユ」

★★
⑤
挪揄ふ

※「やゆ」を和語でいうと何か。次の類語から選んでください。「おちょくる」「ひやかす」「からかう」「ちゃかす」

◉[…]船長《せんちよう》の死《しん》だ爲《た》め自然自分《しぜんじぶん》が**差圖**《□□□》の役《やく》だけを勤《つとめ》て居《ゐ》ねば成《な》らぬ爲《ため》で有《あ》らう、

◉[…]團少年《だんせうねん》が猶《なほ》も急《いそ》がしく**指圖**《□□□》して居《ゐ》る間《あひだ》に茲《こゝ》へ出《で》て來《き》た荷物係《にもつがゝり》の[…]

◉『ナニ船《ふね》を**管る**《あ□□》ことは、友太郎《ともたらう》の様《やう》な少年《せうねん》だとて、少《すこ》しも異《かは》つた事《こと》は無《な》いよ、實《じつ》に友太郎《ともたらう》は、慣《な》れた者《もの》では無《な》いか』と云《い》ひつゝ[…]

◉何時《いつ》**馬港**《ま□□□ゆ》を出《で》たか積荷《つみに》は何《なん》で持主《もちぬし》は誰《だれ》、何所《どこ》を經《へ》て來《き》たなどゝ《(と)》、[…]

◉『[…]十人《にん》にも廿人《(にじゅう)にん》にも優《すぐ》れて居《ゐ》てホンに好《よ》い情婦《じやうふ》を持《もつ》たなア、お前《まへ》は仕合《しあは》せ者《もの》だよ』笑談《ぜうだん》に**挪揄ふ**《□□□》て居《ゐ》る、

答

① さしづ【差圖】（さしず）　◉巌窟王【明治38年・初版】2頁（上段）

② さしづ【指圖】（さしず）　◉同　3頁（上段）

③ あづか・る【管る】（あずか・る）　◉同　3頁（下段）

④ まるせいゆ【馬港】（マルセイユ）　◉同　5頁（下段）

⑤ からか・ふ【揶揄ふ】（からか・う）　◉同　9頁（上段）

A

◉《常用漢字・現代仮名遣い・振仮名》で味わう原文と解説

①　船長《せんちょう》の死《し》んだ為《た》め自然自分《しぜんじぶん》が**差図**《さしず》の役《やく》だけを勤《つと》めて居《い》ねば成《な》らぬ

「サシズ」は〈家屋の設計図〉であるが、動詞「サシズスル」は〈指示する・指揮する〉という語義をもつようになった。「サシ」は「サス（差）」、「ズ」は漢語の「ズ（図）」であるので、「差図」はごく自然な書き方。現在は「指図」（次項②）が一般的になっている。明治期には「指揮」をあてることもあった。

②　団少年《だんしょうねん》が猶《なお》も急《いそ》がしく**指図**《さしず》して居《い》る間《あいだ》に茲《ここ》へ出《で》て来《き》た荷物係《にもつがかり》の

ここでは「サシズ」に漢字「指図」をあてている。明治期はいろいろな書き方が選択肢としてあった。

③　船《ふね》を**管**《あずか》ることとは、友太郎《ともたろう》の様《よう》な少年《しょうねん》だとて、少《すこ》しも異《かわ》った事《こと》は無《な》い

「アズカル」に「管」字をあてている。常用漢字表は「管」字に「くだ」という訓しか認めていないが、古くは「ツカサドル」という訓があった。「管理」という漢

語は現在でも使うが、「理」字にも〈おさめる〉という字義があるので、「管理」の語義は〈とりさばくこと〉。漢語に対応する訓がわかっていると漢語の語義がわかりやすい。

④ **何時《いつ》馬港《マルセイユ》を出《で》たか積荷《つみに》は何《なん》で持主《もちぬし》は誰《だれ》、**

フランス南部の港湾都市「マルセイユ（Marseilles）」に漢字「馬港」をあてている。「馬耳塞」と書くこともあった。そうした書き方を背景にして、ここでは「馬」一字で「マルセイユ」を表わしている。「アメリカ」を「亜米利加」と書くことから、「アメリカ船」を「亜船」と書くのと同じ原理。

⑤ **笑談《じょうだん》に揶揄《からか》うて（からこうて）居《い》る、**

「カラカ（ウ）」に漢語「ヤユ」に使う漢字をあてている。現代出版されている国語辞書をみると漢語「ヤユ（揶揄）」の語義を〈からかうこと〉と説明しているものもあり、「カラカウ」と「ヤユ」とは語義がちかい。したがって、この書き方も自然なものといえる。

★ ⑥ **許婚**

※「婚約者」の旧い言い方

◉友太郎《ともたらう》は顔《かほ》を赤《あか》くし『お露《つゆ》は情婦《じやうふ》では有《あ》りません、**許婚**《い□□□》です』

★ ⑦ **乃公**

※「わたし」から「た」を引くと

◉『若《も》しや船長《せんちやう》から**乃公**《□□》への手紙《てがみ》を預《あづか》りはせぬか』

★★★ ⑧ **嫉み**

※「ねたみ」に近い他の読み方

◉[…]段倉《だんぐら》の顔《かほ》には上部《うはべ》にこそ爾《さ》までとは見《み》えね全《まつた》く**嫉み**《□□》の念《ねん》が皮《かは》一枚《まい》の底《そこ》に燃《もえ》て居《ゐ》た

★★★ ⑨ **沸騰る**

※「ふっとうる」ではありません

◉[…]此奴《こやつ》の恨《うら》みを**沸騰る**《に□か□》程《ほど》に強《つよ》くしたらしく見《み》える

★★ ⑩ **踳んで**

※「すわる」に近い「□□がむ」の活用形

◉[…]窓際《まどぎは》の椅子《いす》に丸《まる》く**踳ん**《□□が》で此方《こっち》へは背《せな》ばかりの様《やう》に見《み》えて居《ゐ》るが確《たしか》に草花《くさばな》の鉢《はち》を弄《いじ》ッて居《ゐ》るらしい、

答

⑥　いひなづけ【許婚】（いいなずけ）　◉巌窟王【明治38年・初版】9頁（上段）

⑦　わし【乃公】　◉同　9頁（下段）

⑧　そね・み【嫉み】　◉同　10頁（下段）

⑨　にえかへ・る【沸騰る】（にえかえ・る）　◉同　11頁（下段）

⑩　しやが・んで【蹲んで】（しゃが・んで）　◉同　11頁（下段）

A

◉《常用漢字・現代仮名遣い・振仮名》で味わう原文と解説

⑥ お露《つゆ》は情婦《じょうふ》では有《あ》りません、**許婚**《いいなずけ》です

〈婚約者〉という語義をもつ「イイナヅケ」に漢語「キョコン」に使う漢字「許婚」をあてている。漢語「キョコン」は現代においてはそれほど使われないと思うが、現代刊行されている国語辞書には載せられている。またワープロソフトなどで、「イイナヅケ」の候補に「許婚」が含まれていることもある。『言海』は普通用の漢字として「言名付」を掲げている。

⑦ 若《も》しや船長《せんちょう》から**乃公**《わし》への手紙《てがみ》を預《あずか》りはせぬか

「ワシ」に漢字「乃公」をあてている。「乃公」は〈われ・おれ〉という語義をもつ漢語「ダイコウ」に使う漢字で、目上の者が目下の者に使う自称であるので、「ワシ」を書くのに使われている。

⑧ 全《まった》く**嫉み**《そね》の念《ねん》が皮一枚《かわいちまい》の底《そこ》に燃《も》えて居《い》た

「ソネミ」に漢字「嫉」をあてている。常用漢字表は漢字「嫉」に訓を認めていないが、この漢字には古くから「ソネム」という訓があった。ちなみに「妬」字字義は〈ねたむ・にくむ〉なので、「嫉妬」は〈そねむ＋ねたむ〉という語義であることになります。

⑨ **此奴《こやつ》の恨《うら》みを沸騰《にえかえ》る程《ほど》に強《つよ》くしたらしく見《み》える**

「ニエカエ(ル)」に漢語「フットウ」に使う漢字をあてている。『言海』は見出し項目「にえかへる」の普通用の漢字として「煑返」を掲げ、語釈末尾に「沸騰」を示している。

⑩ **窓際《まどぎわ》の椅子《いす》に丸《まる》く踏《しゃが》んで此方《こっち》へは背《せな》ばかりの様《よう》に見《み》えて居《い》るが**

「シャガ(ンデ)」に漢字「踖」字をあてている。「踖」字字義は〈ぬきあしさしあし〉であるので、〈かがむ・うずくまる〉という語義をもつ「シャガム」にあてる漢字としては、少しずれているようにみえる。〈身をかがめる〉という語義をもつ漢語「キョクセキ」には漢字「跼踖」をあてる。この「跼」字には〈からだをちぢめる〉という字義がある。そこから「踖」字も使われるようになったのではないだろうか。

第五部　明治後期の漢字表記を味わう

上田敏、二葉亭四迷、花袋、荷風など、
時代と共に収斂していく難読漢字たち。

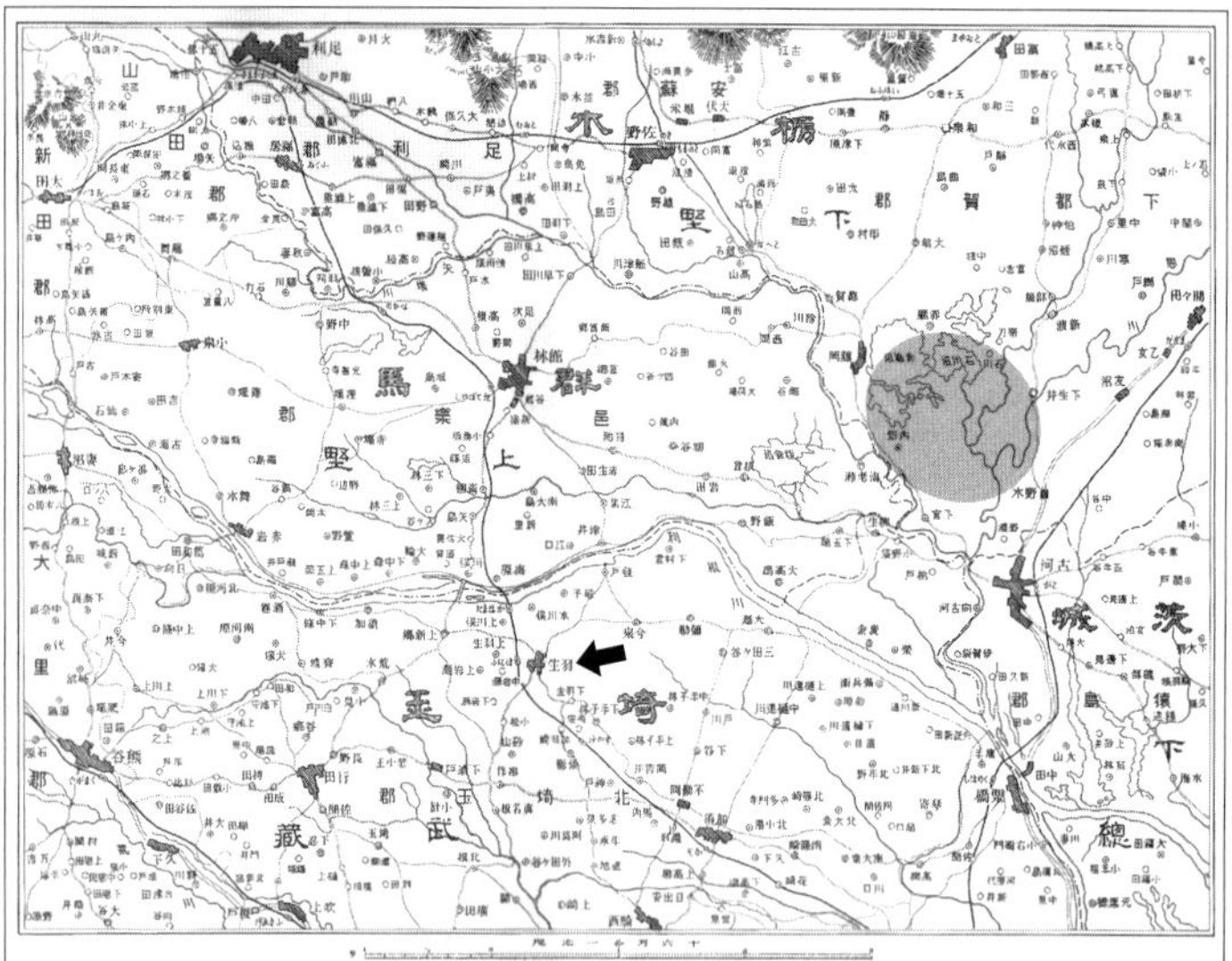

田山花袋著『田舎教師』（本書第二十八節、219 頁参照）に載録された北関東の地図。物語の舞台となった埼玉県北部の羽生《はにゅう》の町が中央やや下寄りに見える（矢印のところ）。北に利根川をはさみ群馬県館林《たてばやし》の市街地が見える。さらに北に渡良瀬《わたらせ》川をはさみ栃木県の足利や佐野が、東に茨城県古河《こが》が見える。文学からは離れるが、足尾鉱毒事件で造成される渡良瀬遊水池が表示されていないこと（グレーの部分）、また、現在は東武伊勢崎線と秩父鉄道の乗換駅である羽生から行田《ぎょうだ》・熊谷《くまがや》方面にのびる秩父鉄道が表示されていないことから、ある時代の一断面が見てとれる。

第二十六節 『海潮音』（明治三十八年初版刊行）の難読漢字

扉コラム① 後世への〝海潮〟となった訳詩集の音調《しらべ》

上田敏（一八七四〜一九一六）の訳詩集で、明治三十八（一九〇五）年十月十三日に東京の本郷書院から刊行された。装幀は、明治末期から昭和期にかけて活躍した洋画家、藤島武二（一八六七〜一九四三）による。この装幀は後の詩集装幀の模範となったといわれている。

巻頭には「遙《はるか》に此書を滿州なる森鷗外氏に獻《けん》ず」という、満州に出征中の鷗外への献辞があり、その裏頁には、

「大寺の香の烟はほそくとも、空にのぼりて／あまぐもとなる、あまぐもとなる。／獅子舞歌」

と印刷されている。それに続いて「序」が置かれているが、「序」で

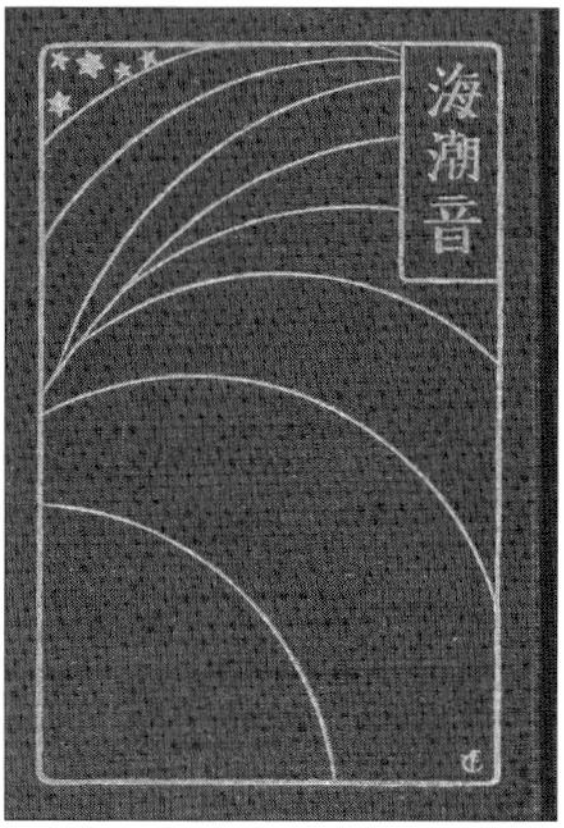

『海潮音』の表紙。海流を思わせる、やや緑がかった青地に金銅色の線。

述べられていることがらが日本における象徴詩運動の理論的な根拠となったといわれている。

明治三十五、六年に『万年草』に発表された、イギリス、ドイツの詩を初めとして、明治三十七、八年に主として『明星』に発表されたフランス象徴派及び高踏《こうとう》派《は》の詩を中心にして、二十九人の詩人の作品、合計五十七編の訳詩が収められている。

ベルレーヌの『落葉』の「秋《あき》の日《ひ》の／ギオロンの／ためいきの／身《み》にしみて／したぶるに／うら悲《かな》し。」（七十三頁）や、カール・ブッセの『山《やま》のあなた』の「山《やま》のあなたの空遠《そらとほ》く／『幸《さいはひ》』住《す》むと人《ひと》のいふ」（一〇九頁）などはどこかで耳にしたことがあるだろう。

問

★★★
① 搖蕩

※音読み「ヨウトウ」でなく
和語で四音節「た□た□」

◉かぎりも波《なみ》の搖《た□》蕩《た□》に、
眠《ねむ》るも鈍《おそ》と嘲《あざ》みがほ、
「…」

★★
② 搖動

※音読み「ヨウドウ」でなく
やはり四音節「ゆ□ぶ□」

◉覺《さ》めたる波《なみ》の搖《ゆ□》動《ぶ□》や、
うねりも貴《あて》におほどかに
「…」

★★
③ 煩累

※音読み「ハンルイ」でなく
和語で四音節「わ□ら□」

◉妙《たへ》に氣《け》高《だか》き眼《まな》差《ざし》も、
世《よ》の煩《わ□》累《ら□》に倦《う》みしごと、
「…」

★★★
④ 徘徊

※音読み「ハイカイ」でなく
やはり四音節「もと□り」

◉あふさきるさの徘《もと》徊《□り》に、
身《み》の鬱《うつ》憂《いう》を紛《まぎ》れむと、
「…」

★★★
⑤ 參

※常用漢字では「参」です
音読みの「サン」でなく
これもやはり四音節

◉參《から□き》の宿《しゆく》、みつ星《ぼし》や、
三《さん》角《かく》星《せい》や天《てん》蝎《かつ》宮《きう》、
「…」

答

① たゆたひ【搖蕩】（たゆたい）　◉海潮音【明治38年・初版】10頁

② ゆさぶり【搖動】　◉同11頁

③ わづらひ【煩累】（わずらい）　◉同12頁

④ もとほり【徘徊】（もとおり）　◉同17頁

⑤ からすき【參】　◉同18頁

A

◉《常用漢字・現代仮名遣い・振仮名》で味わう原文と解説

① かぎりも波《なみ》の**揺蕩**《たゆたい》に、眠《ねむ》るも鈍《おぞ》と嘲《あざ》みがお、

「タユタイ」に〈ゆれうごく〉という語義をもつ漢語「ヨウトウ」に使う漢字をあてている。「タユタイ」は『万葉集』の時期から使われている語で、『万葉集』では漢字「猶豫」をあてている。

② 覚《さ》めたる波《なみ》の**揺動**《ゆさぶり》や、うねりも貴《あて》におおどかに

「ユサブリ」に漢語「ヨウドウ」に使う漢字をあてている。『言海』は動詞「ユサブル」に普通用の漢字を掲げていない。

③ 妙《たえ》に気高《けだか》き眼差《まなざし》も、世《よ》の**煩累**《わずらい》に倦《う》みしごと、

「ワズライ」に、〈煩わしくうるさい〉という語義をもつ漢語「ハンルイ」に使う漢字をあてている。常用漢字表では「煩」字に「わずらう・わずらわす」という訓を認めている。

④ おうさきるさの徘徊《もとおり》に、身《み》の鬱憂《うつゆう》を紛《まぎ》れむと、

〈まわること・めぐること〉という語義をもつ「モトオリ」に漢語「ハイカイ」に使う漢字をあてている。ちなみに「オウサキルサ」は〈いったりきたりする〉という語義をもつ。

⑤ 参《からすき》の宿《しゅく》、みつ星《ぼし》や、三角星《さんかくせい》や天蝎宮《てんかつきゅう》、

「カラスキ」に「参」字をあてている。星座のオリオン座の中央部に三つ並んでいる星を、その形状から農機具の「カラスキ（唐鋤）」にみたてて、「カラスキボシ」ということがある。中国の二十八宿の一つの「参《しん》」がそれにあたる。これはかなり難読ですね。

第二十七節『其面影』（明治三十九年より連載開始）の難読漢字

扉コラム② 〝恩返し〟の連載から生まれた、実らぬ恋の物語

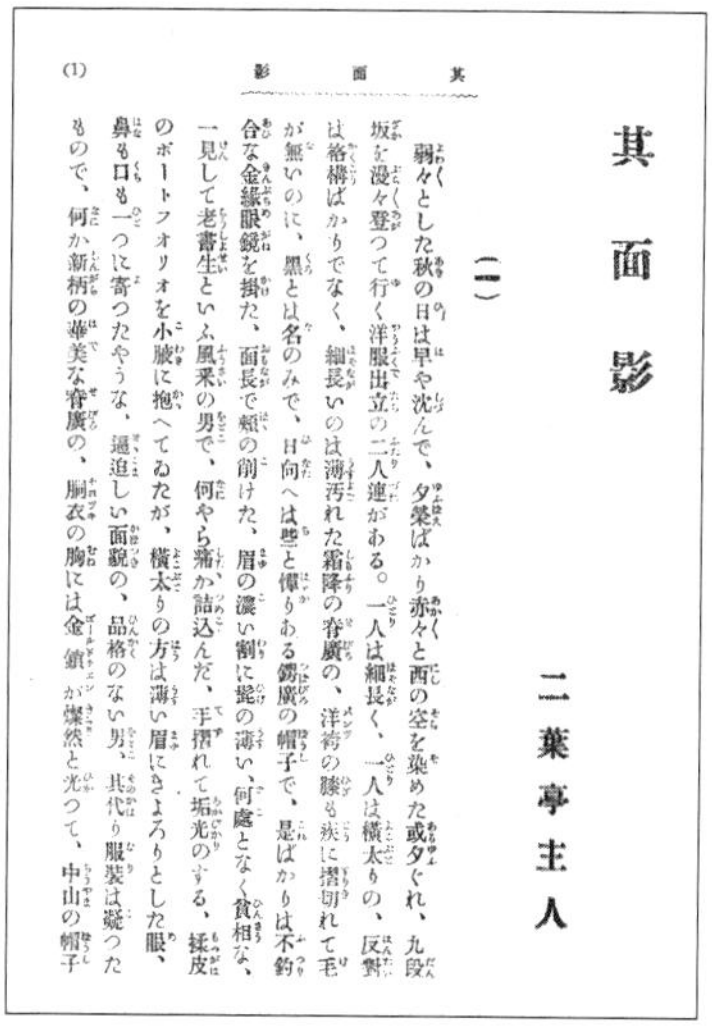
(1) 其面影

其面影

（一）

二葉亭主人

弱々《よわ／＼》とした秋《あき》の日《ひ》は早《はや》や沈《しづ》んで、夕榮《ゆふばえ》ばかり赤々《あか／＼》と西《にし》の空《そら》を染《そ》めた或夕《あるゆふ》ぐれ、九段坂《ざか》を漫々《ぶら／＼》登《あが》つて行《ゆ》く洋服出立《やうふくでたち》の二人連《ふたりづれ》がある。一人《ひとり》は細長《ほそなが》く、一人《ひとり》は横太《よこぶと》りの、反對《はんたい》は格構《かくかう》ばかりでなく、細長《ほそなが》いのは薄汚《うすよご》れた霜降《しもふり》の脊廣《せびろ》の、洋袴《ズボン》の膝《ひざ》も疾《とう》に擦切《すりき》れて毛《け》が無《な》いのに、黒《くろ》とは名《な》のみで、日向《ひなた》へは些《ち》と憚《はゞか》りある鍔廣《つばびろ》の帽子《ぼうし》で、是《これ》ばかりは不釣合《ふつりあひ》な金縁眼鏡《きんぶちめがね》を掛《かけ》た、面長《おもなが》で頬《ほゝ》の削《こ》けた、眉《まゆ》の濃《こ》い割《わり》に髭《ひげ》の薄《うす》い、何處《どこ》となく貧相《ひんさう》な、一見《けん》して老書生《らうしよせい》といふ風采《ふうさい》の男《をとこ》で、何《なに》やら痛《したゝ》か詰込《つめこ》んだ、手擢《てずれ》て垢光《あかびかり》のする、揉皮《もみがは》のポートフオリオを小腋《こわき》に抱《かゝ》へてゐたが、横太《よこぶと》りの方《はう》は薄《うす》い眉《まゆ》にきよろりとした眼《め》、鼻《はな》も口《くち》も一《ひと》つに寄《よ》つたやうな、逼迫《せゝこま》しい面貌《かほつき》の、品格《ひんかく》のない男《をとこ》、其代《そのかは》り服裝《なり》は凝《こ》つたもので、何《なに》か新柄《しんがら》の華美《はで》な脊廣《せびろ》の、胴衣《チヨツキ》の胸《むね》には金鎖《ゴールドチエン》が燦然《きら／＼》と光《ひか》つて、中山《ちうやま》の帽子《ぼうし》

明治三十九（一九〇六）年十月十日から十二月三十一日まで東京『朝日新聞』に連載された。

二葉亭四迷《ふたばていしめい》は内藤湖南《こなん》を介して、大阪『朝日新聞』の東京出張員となっていたが、大阪『朝日新聞』幹部とうまくいかなくなり、辞職勧告をされるに至る。

これを収めたのが、東京『朝日新聞』の主筆であった池辺三山で、その義理から『其面影』を東京『朝日新聞』に連載したといわれている。

明治四十年八月二十五日に春陽堂から単行本が出版された。本文一頁目には「二葉亭主人」とあり、

右は表紙見返し。赤紫のインクでムラサキツユクサらしき花の意匠。そこに重ねて繊細な文字で「其のおもかけ／二葉亭著」とある。下は表紙。草色の地に金箔押し（ただし花弁は白く塗られている）。「其」字が鉄塔のようである。

奥付には本名「長谷川辰之助」と記されている。

私立大学の教員という設定の登場人物の一人小野哲也と、結婚がうまくいかなくなって戻ってきた、キリスト教徒の義妹小夜子《さよこ》との物語。小夜子は失踪し、失意の哲也は中国に渡って、小夜子の面影を求め続ける。

坪内雄蔵（＝逍遙）の名義（逍遙は序文で真の作者は二葉亭四迷であることを明らかにしている）で、明治二十（一八八七）年六月に発表した『浮雲《うきぐも》』初編の好評とともに、二葉亭四迷の名前がひろく知られるようになった。

二葉亭四迷は、明治四十一（一九〇八）年、朝日新聞の特派員としてロシアへ赴任したが、健康を損ねたために帰国することとなり、ロンドンを経て日本へ向かう途中のベンガル湾上の日本郵船賀茂丸《かもまる》の船中で肺炎が悪化して明治四十二年五月一日に死去した。明治四十二年六月一日に発行された『太陽』第十五巻第八号の「文芸時評」欄には長谷川天渓《てんけい》（文芸評論家）の「二葉亭四迷子逝く」という記事が載せられている。

★★★
①
逼迫しい
※もちろん「ヒッパクしい」ではありません。「せ□□ましい」

★★★
②
躘踵と
※擬態語です。「小さなことから□□□□と」。ところで上の「躘」字、便宜上〝別書体〟を使っています（それくらいの難字）

★★★
③
喫半
※「きつはん」でも「きっぱん」でもない。四音節です。「□みさし」。タバコの「吸いかけ」のことをこういう人、まだまれにいますね

★★★
④
お曉
※そのまま読めば「おあかつき」ですが、「お□かり」と四音節

★★★
⑤
密着
※「みっちゃく」以外の読みで。四音節「し□□り」。「なんか、し□□りこないなあ」

◉［…］鼻《はな》も口《くち》も一《ひと》つに寄《よ》つたやうな、**逼迫しい**《せ□□ま》面貌《かほつき》の、品格《ひんかく》のない男《をとこ》、［…］

◉［…］神田《かんだ》の某私立大學《ぼうしりつだいがく》の赤煉瓦《あかれんぐわ》の門《もん》を、俯向《うつむき》加減《かげん》に**躘踵と**《□□□□》這入《はい》つて行《ゆ》く彼人《あのひと》で、聞《き》けば其處《そこ》の講師《かうし》で、［…］

◉無言《むごん》で坂《さか》を上《あが》り切《き》つて、靖國神社《やすくにじんじや》の舊馬場《きうばゝ》内《うち》へ這入《はい》ると、葉村《はむら》は**喫半**《□みさし》の葉卷《シガー》の灰《はひ》を敲落《はたきおと》して、［…］

◉尤《もつと》も之《これ》を被《かぶ》り切《きり》ぢや不好《いけね》え、臨機應《りんきおう》變時《へんとき》の宜《よろ》しきに從《したが》つて、チヨイ〳〵《（チヨイ）》此奴《こいつ》を脱《ぬ》ぐ。其處《そこ》がソレ加減物《かげんもの》でね、學者《がくしや》にや一寸《ちよいと》**お曉**《□かり》の行《ゆ》きかねる所《ところ》だ。

◉［…］社會《しやくわい》へ出《で》ても生活《せいくわつ》の條件《でうけん》に**密着**《し□□り》嵌《はま》つて、早《はや》く成功《せいこう》する。

答

①せゝこま・しい【逼迫しい】（せせこま・しい）　◉其面影【明治41年・第3版】1頁

②こつく・と【蹉踵と】（こつこつ・と）　◉同　2頁

③のみさし【喫半】　◉同　3頁

④お・わかり【お曉】　◉同　6頁

⑤しつくり【密着】（しっくり）　◉同　8頁

A

◉《常用漢字・現代仮名遣い・振仮名》で味わう原文と解説

① **逼迫《せせこま》しい**面貌《かおつき》の、品格《ひんかく》のない男《おとこ》、

「セセコマシイ」に漢語「ヒッパク（逼迫）」に使う漢字をあてている。〈せまくるしい〉という語義をもつ「セセコマシイ」は漢字で書きにくい語といえる。

現代出版されている国語辞書においても、漢字があてられていないことがある。『言海』も普通用の漢字を掲げていない。つまり、明治から現代まで「セセコマシイ」とつよく結びついた漢字はなかったことになる。「狭隘」「狭矮」があてられたこともあった。

② 赤煉瓦《あかれんが》の門《もん》を、俯向加減《うつむきかげん》に**躘踵《こつこつ》と**這入《はい》って行《ゆ》く彼人《あのひと》で、

〈固いものが触れ合ってたてる乾いた高い音〉を表現するオノマトペ「コツコツ」に漢字「躘踵」をあてている。〈小児が歩くようによちよちと進まないさま〉を表現する漢語「リュウショウ（躘蹱）」はあるが、「躘踵」という漢語はなさそうである。誤植の可能性もゼロではないので、超難読漢字！（そんなものを読ませるなよ！　すみません）

③

葉村《はむら》は**喫半**《のみさし》の葉巻《はまき》の灰《はい》を敲《はた》き落《お》として、

「ノミサシ」に「喫半」をあてている。〈なかば（半）まですう（喫）〉という意訳か。

④

学者《がくしゃ》にゃ一寸《ちょいと》**お暁**《わかり》の行《ゆ》きかねる所《ところ》だ。

「オワカリ」の「ワカル」に「暁」字をあてている。「暁」字には〈さとる・知る〉という字義がある（例：通暁《つうぎょう》＝物事に通じ、わかっていること）。常用漢字表では「暁」字には「アカツキ」という訓しか認めていないが、「ギョウカイ（暁解）」「ギョウチョウ（暁暢）」といった漢語もある。これらの「暁」は〈わかる〉という字義で使われている。

⑤

生活《せいかつ》の条件《じょうけん》に**密着**《しっくりはま》って、早《はや》く成功《せいこう》する。

「シックリ」に漢語「ミッチャク（密着）」に使う漢字をあてている。「シックリ」も漢字をあてにくい語で、いずれにせよ、何らかの「ずれ」はしかたがない。『言海』はこの語を見出し項目にはしているが、普通用の漢字を掲げていない。

★★★
⑥
清澈った

※もちろん、「セイテツった」ではありません。直後の「空」から類推して、「す□きった」

★★★
⑦
深沈と

※もちろん、「シンチンと」にあらず。広辞苑（第三版）では「しんみりに同じ」とある

★★★
⑧
嘸

※「さ□」で変換したら、この字が出てくる日本語ワープロソフトも。さすが日本の技術力！

★★★
⑨
斷然

※常用漢字では「断然」。「世の中にうまい話なしと、甘い誘いをき□□りと断《ことわ》る」

★★★
⑩
焦燥さ

※かくして、この頁、五問とも超難読の★三つ。身悶《みもだ》えするほどの焦燥感《しょうそうかん》に「ああ、もど□しい」

◉直眼下《すぐがんか》の町々《まち〱》には、軒燈《のきらんぷ》やら電燈《でんとう》やらが星屑《ほしくづ》のやうに散《ち》らばつて、駿河《するが》臺《だい》は**清澈《す□き》つた**空《そら》を背景《はいけい》に、夕闇《ゆふやみ》の中《うち》に**深沈《しん□り》と**沈《しづ》んで見《み》え、［…］

◉況《ま》して小夜子《さよこ》は女《をんな》の身《み》なら、話《はな》したら怖毛《おぞげ》を震《ふる》つて**嘸**《さ□》厭《いや》がる事《こと》であらうけれど、これが自分《じぶん》の一了簡《いちれうけん》で初手《しよて》から**斷然**《き□□り》辭《ことわ》つて了《しま》ひもならず、［…］

◉一家《け》の主人《しゆじん》でありながら、家内《かない》の事《こと》が萬事《ばんじ》意《い》の如《ごと》くにならぬ**焦燥《もど□し》さ**に、心中《しんちう》では火《ひ》を焚《た》く想《おも》ひがあるにつけても、あゝ、人生《じんせい》誤《あやま》つて養子《やうし》の身《み》となる勿《なか》れと、ツイ我身《わがみ》の上《うへ》が歎《かこ》たれる。哲也《てつや》は小野家《をのけ》の養子《やうし》なので。

答

⑥ すみき・うた【清徹った】（すみき・った） ◉其面影【明治41年・第3版】10頁

⑦ しんめり・と【深沈と】 ◉同 10頁

⑧ さぞ【嘸】 ◉同 11頁

⑨ きつぱり【斷然】（きっぱり） ◉同 11頁

⑩ もどかし・さ【焦燥さ】 ◉同 11頁

A

◉《常用漢字・現代仮名遣い・振仮名》で味わう原文と解説

⑥ **駿河台《するがだい》は清澈《すみき》った**空《そら》を背景《はいけい》に、

「スミキッタ」に漢字「清澈」をあてている。「清澈」は漢語「セイテツ」に使う字と思われる。ただし現在日本で刊行されている最大規模の漢和辞書『大漢和辞典』においても、「澈」字の項目にはいわゆる熟語が一語も示されていない。したがって、簡単には「清澈」の実際の使用例が確認できない。そんな漢字がここにある。

⑦ 夕闇《ゆうやみ》の中《うち》に**深沈《しんめり》と**沈《しず》んで見《み》え、

〈しっとり〉というような語義をもつ「シンメリ」に漢字「深沈」をあてている。現代においては「シンメリ」という語そのものがそれほど使われないと思われ、よみにくい。「深」が「シン」という音をもっていることを意識した書き方と思われる。

⑧ 話《はな》したら怖毛《おぞげ》を震《ふる》って**嘸厭《さぞいや》**がる事《こと》であろうけれど、

「サゾ」に漢字「嘸」をあてている。「嘸」字字義は〈はっきりしないさま〉であるが、江戸期ぐらいを考えれば、「サゾ」に「嘸」字をあてることはごく一般的であった。現在は副詞に漢字をあまりあてないようになっているので、こうした漢字は今後ますますなじみがなくなっていくことが予想される。

⑨ これが自分《じぶん》の一了簡《いちりょうけん》で初手《しょて》から**断然**《きっぱり》辞《ことわ》って了《しま》いもならず、

「キッパリ」に漢語「ダンゼン」に使う漢字をあてている。『言海』は見出し項目「キッパリ」に普通用の漢字を掲げていない。訓を利用して「切張」をあてることもあるが、「決然」など、漢語に使う漢字をあてることもあった。

⑩ 家内《かない》の事《こと》が万事《ばんじ》意《い》の如《ごと》くにならぬ**焦燥**《もどかし》さに、

「モドカシ（サ）」に漢語「ショウソウ」に使う漢字「焦燥」をあてている。『言海』は普通用の漢字は掲げていないが、語釈末尾に漢字「焦躁」を示す。「焦燥」「焦躁」はほぼ同じ語。

第二十八節　『田舎教師』（明治四十二年初版刊行）の難読漢字

扉コラム③　構想から執筆まで、その逡巡が物語るもの

田山花袋《たやまかたい》（一八七二〜一九三〇）の長編小説。書き下ろし作品として明治四十二（一九〇九）年十月に左久良書房から「金一圓六十錢」で刊行された。後、大正六（一九一七）年六月に博文館から出版された回想集『東京の三十年』の中で、田山花袋は、この『田舎教師』について、

「私は青年――明治三十四、五年から七、八年代の日本の青年を調べて書いて見ようと思つた。そして、これを日本の世界發展の光榮《こうえい》ある日に結びつけようと思い立つた」

「この作は、『蒲団《ふとん》』（明治四十年発表）などよりも以前に構想したものであるが、『生《せい》』（翌四十一年発表）を書いてしまい、『妻』（同前）を書いてしま

右は表紙。ややクリームがかった白地にホタルの意匠。上の発光しながら飛んでいるのがオスで下はメスだろうか。左は中扉。北関東の風景であれば遠くに見える山並みは赤城か、それとも足尾の山か。

つてもまだ筆を取る氣になれない。材料が段々古く黴《(かび)》が生《(は)》えて行くような氣がする。それに、新しい思潮が横溢《(おういつ)》して來たその時では、その作の基調がロマンチックでセンチメンタルに偏りすぎている」と述べている。

口絵に続いて北関東地方の地図（202頁参照）が附載されているのは珍しいが、作品では、物語の背景となる関東平野の自然、風物を巧みに描写している。

「十四」の末尾近くには、「かれは綴《とぢ》の切《き》れた藤村《とうそん》の『若菜集《わかなしゆう》』を出《だ》して讀耽《よみふけ》つた」（二五八頁）という場面があり、また「十七」には主人公が国木田独歩《くにきだどつぽ》の「『むさし野』に讀耽《よみふけ》つた」（二〇〇頁）とある。「二十六」には「愛讀《あいどく》して居《ゐ》た涙香《るゐかう》の『巖窟王《がんくつわう》』も中途《ちゆうと》で止《よ》して了《しま》つた」（二八八頁）とあって、これらの作品が当時よく読まれていたことを思わせる。

★★★
①
莞爾と
※「かんじ」以外の読みで。「□こ□こと愛想ふりまく赤子かな」

★
②
周圍
※常用漢字では「周囲」。「しゅうい」以外の読みで。「ま□□」

★★
③
分明と
※音読み以外の読みで。「と」を含めず四文字。「は□□りと」

★★★
④
鳥渡
※「とりわたり」ではなく、音読みの「チョウト」を少し変える

★★
⑤
歴々と
※「れきれきと」ではなく。あたかもそこにあるかのように見えること。「□り□りと」

◉清三《せいざう》が毎日《まいにち》のやうに遊《あそ》びに行《ゆ》くと、雪子《ゆきこ》は常《つね》に**莞爾と**《□こ□こ》して迎《むか》へた。

◉家《いへ》の**周圍**《ま□□》は畑《はた》で、麥《むぎ》の青《あを》い上《うへ》には雲雀《ひばり》が好《い》い聲《こゑ》で低《ひく》く囀《さへず》つて居《ゐ》た。

◉其處《そこ》からは吏員《りゐん》の事務《じむ》を執《と》つて居《ゐ》る室《へや》が硝子窓《がらすまど》を透《とほ》して**分明**《は□□り》**と**見《み》えた。

◉村長《そんちやう》は暫《しばら》く考《かんが》へて居《ゐ》たが、やがて、『それぢやもう内々《ない〱》轉任《てんにん》の話《はなし》も定《きま》つたのかも知《し》れない。今居《いまゐ》る平田《ひらた》といふ教員《けうゐん》が評判《ひやうばん》が悪《わる》いので、變《か》へるッて言《い》ふ話《はなし》は**鳥渡**《ち□□と》聞《き》いたことがあるから』と言《い》つて、［…］

◉［…］師範校出《しはんかうで》の特色《とくしよく》の一種《しゆ》の「氣取《きどり》」が其態度《そのたいど》に**歴々**《□り〱》**と**見《み》えた。

答

① にこにこ・と【莞爾と】 ◉田舎教師【明治42年・初版】8頁

② まはり【周圍】（まわり） ◉同13頁

③ はつきり・と【分明と】（はっきり・と） ◉同15頁

④ ちよつと【鳥渡】（ちょっと） ◉同16頁

⑤ あり〱・と【歴々と】（ありあり・と） ◉同17頁

A

◉《常用漢字・現代仮名遣い・振仮名》で味わう原文と解説

①　雪子《ゆきこ》は常《つね》に**莞爾**《にこにこ》として迎《むか》えた。

〈うれしそうに笑みを浮かべるさま〉を表現するオノマトペ「ニコニコ」に、〈にっこり笑うさま〉を表現する漢語「カンジ」に使う漢字をあてている。「ニコニコ」あるいは「ニコ（ツク）」に「莞爾」をあてた例はあるので、明治期においてはそれほど「無茶な」書き方ではなかったと思われる。現代では、漢語「カンジ」がほとんど使われず、一方「ニコニコ」あるいは「ニッコリ」などの語はさまざまに使われているので、「ニコニコ」と漢語「カンジ（莞爾）」との「距離」が明治期よりもずいぶんとひらいてしまっているかもしれない。そうすると難読ですね。

②　家《いえ》の**周囲**《まわり》は畑《はた》で、麦《むぎ》の青《あお》い上《うえ》には雲雀《ひばり》が好《い》い声《こえ》で低《ひく》く囀《さえず》って居《い》た。

「マワリ」に漢語「シュウイ」に使う漢字をあてている。漢語「シュウイ」は現在でも一般的に使われているので、「マワリ」と「シュウイ」との「距離」はまだ保たれているように思われる。そうすると、これは読めるはず。

③

硝子窓《がらすまど》を透《とお》して**分明**《はっきり》と見《み》えた。

「ハッキリ（ト）」に「判明」「判然」があてられた例をみてきたが、ここでは漢語「ブンメイ」に使う漢字をあてている。明治期は一つの語がさまざまに書かれた時期で、「同語異表記」が珍しくなかった。現在は同じ語はできるだけ同じように書くことを大事にしているようにみえる。

④

変《か》えるって言《い》う話《はなし》は**鳥渡**《ちょっと》聞《き》いたことがある

「チョット」に漢字「鳥渡」をあてている。現在は漢字をあてるとすれば「一寸」がよく使われるので、「鳥渡」は目慣れないであろう。しかし『言海』は「一寸」「鳥渡」両方を普通用の漢字として掲げている（実際に明治期には「鳥渡」もよく使われている）。

⑤

一種《いっしゅ》の「気取《きどり》」が其態度《そのたいど》に**歴々**《ありあり》と見《み》えた。

「アリアリ（ト）」に漢語「レキレキ」に使う漢字をあてている。『言海』は普通用の漢字として「在在」を掲げている（しかし「歴々」という書き方が珍しいわけではない）。

第二十九節　『すみだ川』（明治四十二年執筆・発表）の難読漢字

扉コラム④　水面に映る季節と人の移ろい

『あめりか物語』（明治四十一年八月、博文館刊）や『日和下駄』（大正四年十一月、籾山書店刊）、翻訳詩文集『珊瑚集』（大正二年四月、籾山書店刊）で知られる永井荷風（一八七九〜一九五九）の中編小説。荷風は夏目漱石の依頼によって東京『朝日新聞』に「冷笑」を明治四十二年十二月十三日から翌四十三年二月二十八日まで連載した。明治四十三年には、森鷗外、上田敏の推薦で慶應義塾大学文学部の主任教授となる。

『すみだ川』は明治四十二（一九〇九）年の八月に書き始められ、同年の十月には書き終わり、十二月に『新小説』に発表される。

明治四十四年三月五日に籾山書店から、「見果てぬ夢」「夏の町」「傳（伝

『すみだ川』の中扉

通《通)》院」「下谷の家」「平維盛《たいらのこれもり》」「秋の別れ」とともに単行本『すみだ川』として「胡蝶本」（本書92頁参照）の一冊として刊行される。

常磐津の師匠文字豊《もじとよ》の息子長吉《ちょうきち》、その長吉が憧れる幼なじみのお糸《いと》、文字豊の兄である俳諧師松風庵蘿月《しょうふうあんらげつ》をおもな登場人物とする。そして、登場人物の人間模様を、晩夏から翌年の初夏にいたる一年間の季節の推移の中に、隅田川両岸の下町の風景とともに描写している。

「[…]山谷堀《さんやぼり》から今戸橋《いまどばし》の向《むか》ふに開《ひら》ける隅田川《すみだがは》の景色《けしき》を見《み》ると、どうしても暫《しばら》く立止《たちどま》らずにはゐられなかつた。河《かは》の面《おもて》は悲《かな》しく灰色《はいいろ》に光《ひか》つてゐて、冬《ふゆ》の日《ひ》の終《をは》りを急《いそ》がす水蒸氣《すゐじやうき》は對岸《たいがん》の堤《つゝみ》をおぼろに霞《かす》めてゐる」（七十九頁）など、現在とは異なる風景であっても、そこに当時の様子を髣髴《ほうふつ》とさせるように思われる。

問

★★
①
吃驚

※「きっきょう」と書いて、「び□□り」と読む。まさに「び□□り仰天」です

◉［…］一杯《ぱい》機嫌《きげん》の話好《はなしず》きに、いつも極《きま》つて八時《じ》か九時《じ》の時計《とけい》を聞《き》いては**吃《び□》驚《□り》**するのであつた。

★★★
②
夕炎

※濹東から夕日に染まる西の空を眺めた登場人物の気持ちになって。「ゆう□え」

◉**夕炎《ゆう□え》**の川向《かはむか》うに待乳山《まつちやま》と金龍山《きんりうざん》の五重《ぢゆう》の塔《たふ》を眺《なが》めて、［…］

★★★
③
動搖

※「どうよう」ではありません。三音節。「□□れ」

◉［…］蘿月《らげつ》は飲干《のみほ》して其《そ》のまゝ竹屋《たけや》の渡船《わたしぶね》に乘《の》つたが、丁度《ちやうど》河《かは》の中程《なかほど》に來《き》た頃《ころ》から、靜《しづか》な身體《からだ》の**動搖《□□れ》**につれて冷酒《ひやざけ》が追々《おひ〱》にきいて來《く》るのを覺《おぼ》えた。

★★★
④
經費

※音読み「ケイヒ」以外の読みで。この発言は、上の学校に行くのは「お金が□□りそうだ」という文脈で語られています

◉「たいした**經費《□□り》**だらうね。」

★
⑤
黃昏

※夕暮れ時、「誰ですか彼は?」と聞くことから生まれたことば

◉［…］夕日《ゆふひ》から**黃昏《□□がれ》**、**黃昏《□□がれ》**から夜《よる》になる河《かは》の景色《けしき》を眺《なが》めて居《ゐ》た。

答

①びつくり【吃驚】（びっくり）
◉すみだ川【明治45年・第4版】4頁

②ゆふばえ【夕炎】（ゆうばえ）
◉同7頁

③ゆすれ【動搖】
◉同8頁

④かゝり【經費】（かかり）
◉同17頁

⑤たそがれ【黄昏】
◉同22頁

A

◉《常用漢字・現代仮名遣い・振仮名》で味わう原文と解説

① **八時**《はちじ》か**九時**《くじ》の**時計**《とけい》を**聞**《き》いては**吃驚**《びっくり》するのであった。

「ビックリ」に漢語「キッキョウ」に使う漢字「吃驚」をあてている。「ビックリ」のような語はほんとうに漢字で書きにくい。漢字二字で書くとすれば、「ビックリ」を二つに分けなければならない。後半の「クリ」はいいとしても前半の「ビッ」に対応する漢字の訓や音は考えられない（そこで漢語に使う漢字をあてるという方法が使われる）。

② **夕炎**《ゆうばえ》の**川向**《かわむこ》うに**待乳山**《まつちやま》と**金龍山**《きんりゅうざん》の**五重**《ごじゅう》の**塔**《とう》を**眺**《なが》めて、

「ユウバエ」に漢字「夕炎」をあてている。『言海』は普通用の漢字として「夕映」を掲げている（現代でもこの漢字が使われることが多いように思われるが、この書き方はどちらかといえば新しい）。室町期の辞書『節用集』には「夕栄」「夕光」があげられている。

③ **静**《しずか》な**身体**《からだ》の**動揺**《ゆすれ》につれて**冷酒**《ひやざけ》が**追々**《おいおい》にきいて**来**《く》るのを**覚**《おぼ》えた。

ここでは「ユスレ」に漢語「ドウヨウ」に使う漢字をあてている。現代では「ユスレ」という語そのものを使わないと思われるので、これは難読。

④

たいした経費《かかり》だろうね。

〈入費・費用〉という語義をもつ「カカリ」に漢語「ケイヒ」に使う漢字をあてている。「カカリ」はかなりひろい語義をもつ多義語であるので、使われている文脈に応じてさまざまな漢字があてられることがある。この語義の「カカリ」には「費用」があてられることも少なくない。

⑤

夕日《ゆうひ》から黄昏《たそがれ》、黄昏《たそがれ》から夜《よる》になる河《かわ》の景色《けしき》を眺《なが》めて居《い》た。

「タソガレ」に漢語「コウコン」に使う漢字をあてている。「タソガレ」は江戸初期頃までは「タソカレ」と第三拍は清音で、「誰ソ彼」という語義。現在「ダレ（誰）」と発音する語もかつては「タレ」と清音だった。しかし一語化するにつれて「タソガレ」と発音するようになり、それとともに「誰ソ彼」という語構成意識も薄れる。『言海』は普通用の漢字として「黄昏」を掲げている。

第六部　白秋作品の漢字表記を味わう

近代詩に新風を送り込んだ巨匠の、
異国情緒あふれる難読漢字の数々。

右は『邪宗門』の冒頭近くに載録された挿画。その対向頁には「詩の生命は暗示にして單なる事象の説明には非ず」に始まる白秋の詩論が展開される。白秋は自身も含めた「近代邪宗門の徒」が「夢寝にも忘れ難き」もののひとつに、「落日のなかに笑へるロマンチッシユの音樂と幼兒《ようじ》礫殺《たくさつ》の前後に起《おき》る心状の悲しき叫《さけび》」を挙げる。はりつけにされた幼児の足もとに、花が咲き、ラッパや太鼓が転がっている。その下には五つの髑髏《どくろ》。メルヘンなタッチがかえってその禍々《まがまが》しさを際立たせる、見る者を不安に陥れる絵である。下は「悪の窓」と題された詩に挿入された絵。生首をくわえた空飛ぶ大蛇がまた不吉な想像をかきたてる。一つの詩集の中にさまざまなタッチの絵が挿入されていることが不思議な宇宙をつくり出しているともいえる。

右は「邪宗門秘曲」と題する詩の前に置かれた絵。宣教師らしき人物が弟子を連れ歩いているのは海辺か、それとも湖畔だろうか。よく見ると右下隅に「柏」字の印がある。『邪宗門』の装幀を担当した石井柏亭の絵であることがわかる。

第三十節　『邪宗門』（明治四十二年初版刊行）の難読漢字

扉コラム①　造本や組版、挿絵にまで気を配った白秋

『邪宗門』は北原白秋（一八八五～一九四二）の第一詩集。明治四十二（一九〇九）年三月十五日に易風社から刊行される。

『白秋全集1』（一九八四年、岩波書店刊）の「後記」には「定価一円」（六三二頁）とあるが、稿者所持の初版は紫色のゴム印で「金貳圓貳拾銭」とおされている。初版に幾つかの「異装本」があることは、この「後記」にも記されているので、あるいはそうしたことと関わるか。

上方の小口《こぐち》（本の「天」あるいは「あたま」という）に金箔を施した「天金《てんきん》」で、二方（横と下）アンカットで出版された。したがって、読者が読みながらペーパーナイフでページを切っていくことになる。

こうしたことは実際の書物をみないと気づきにくい。稿者の所持している右の初版はきれいに頁がカットされているが、もう一冊はそれほどきれいにカットされていない。

装幀は石井柏亭《いしいはくてい》（一八八二〜一九五八）による。詩の本文は五号の明朝体活字で組まれ、一頁は十行、一行が二十三字以内で収まるように工夫がされている。詩の一行が二十三字以上になることはなく、二行にまたがって印刷することは避けられている。

こうした版面構成にも白秋は気を配っている。自筆原稿には、一字下げや二字下げに関わる、明確な印刷指定が書き込まれている。

明治四十四（一九一一）年十一月二十五日には東雲書店から再版が刊行される。この再版は、初版の紙型を利用しながら、若干の誤植を訂正し、収録する詩も二篇差し替えている。装幀も異なる。大正五（一九一六）年七月一日には東雲堂書店から改訂第三版が出版される。ここでも白秋は補訂を加え、装幀は自らが手がけている。

問

★★★
①
欺罔
※もとは演劇用語
三音節「け□ん」

★★
②
越歴機
※「エツレキキ」から二音減らす
「□□□ギター」

★★
③
自鳴鐘
※「自ら鐘を鳴らす」機械
置いたり、柱や壁に掛けたり

★★
④
欝憂
※見てるだけでユーウツになる?
カタカナで六字「メラ□□リア」

★
⑤
彷徨へる
※「ほうこう」でなく
「さ□□《（え）》へる」

◉芥子《けし》粒《つぶ》を林檎のごとく見すといふ**欺罔**《け□ん》の器《うつは》、[…]

◉かの美《は》しき**越歴機**《□□□》の夢は天鵝絨《びろうど》の薫《くゆり》にまじり、[…]

◉腐《くさ》れたる黄金《わうごん》の縁《ふち》の中《うち》、**自鳴鐘**《□□□》の刻《きざ》み[…]

◉そこともわかぬ森かげの**欝憂**《メラ□□リア》の薄闇《うすやみ》に、／ほのかにのこる噴水《ふきあげ》の青きひとすぢ

◉邪宗《じやしゆう》の僧ぞ**彷徨へる**《さ□□》……瞳据《す》ゑつつ、／黄昏《たそがれ》の薬草園《やくさうゑん》の外光《ぐわいくわう》に浮きいでながら、[…]

Q

答

① けれん【欺罔】 ◉邪宗門【明治42年・初版】2頁

② えれき【越歴機】(エレキ) ◉同 2頁

③ とけい【自鳴鐘】 ◉同 6頁

④ メランコリア【鬱憂】 ◉同 9頁

⑤ さまよ・へる【彷徨へる】(さまよ・える) ◉同 10頁

A

◉《常用漢字・現代仮名遣い・振仮名》で味わう原文と解説

①

芥子粒《けしつぶ》を林檎《りんご》のごとく見《み》すという**欺罔**《けれん》の器《うつわ》、

〈演劇で、俗受けをねらって奇抜さや仕掛けのおもしろさを主とする演出、演技〉という語義、あるいはそこから転じて〈ごまかし〉という語義をもつ漢語「ケレン（外連）」を、やはり漢語である「ギモウ」に使う漢字によって書いた例。白秋の書き方が「外連味のある」書き方かもしれない。

②

かの美《は》しき**越歴機**《エレキ》の夢《ゆめ》は天鵝絨《ビロード》の薫《くゆり》にまじり、

「エレキ」に漢字「越歴機」をあてている。「越歴」をあてたのは音訳、「エレキ」の「キ」に「機械」の「機」をあてたのは意訳といえそうである（現代中国語では「インターネット」は「因特网《イントゥワン》」であるが、これも「因特」は音訳で「网＝網」は意訳にあたる）。

③

腐《くさ》れたる黄金《おうごん》の縁《ふち》の中《うち》、**自鳴鐘**《とけい》の刻《きざ》み

「トケイ」はそもそもは漢語で「土圭」と書く。室町期の辞書である『節用集』に

は「斗景（トケイ）土圭（同）」とある。これは日時計のこととされている。機械時計は中国で「自鳴鐘」と呼ばれた。白秋はこの漢字を使った。幕末明治期には「時器」「時辰儀」などの漢字が使われることもあった。

④ **そこともわかぬ森《もり》かげの鬱憂《メランコリア》の薄闇《うすやみ》に、**

「メランコリア」（melancholia）はギリシャ語で黒い胆汁。〈気がふさぐこと・憂鬱症〉をいう。その「メランコリア」に漢語「ウツユウ」に使う漢字をあてている。

現在は漢語「ユウウツ」のみを使うが、幕末明治期には、字順が逆の「ウツユウ」も使われていた。

⑤ **邪宗《じゃしゅう》の僧《そう》ぞ彷徨《さまよ》える**

「サマヨウ」に漢語「ホウコウ」に使う漢字をあてている。「徘徊」があてられることも少なくなかった。

⑥ ★
恐怖
※音読み「キョウフ」でなく三音節「お□れ」

⑦ ★
百舌
※鳴き声豊かな小鳥の名前「百舌鳥」とも書きます

⑧ ★★
泥濘
※「デイネイ」ではないでぇ和語で四音節「ぬ□る□」

⑨ ★★★
震慄
※音読み「シンリツ」でなく三音節「お□え」

⑩ ★★★
嗟歎
※「なげく」の古語「なげかふ」その名詞形で「なげか□」

◉赤々《あか〱》と毒のほめきの**恐怖**《お□れ》して、顫《ふる》ひ戰《をのゝ》く／陰影《いんえい》のそこはかとなきおぼろめき

◉夕暮《ゆふぐれ》のものあかき空《そら》、その空《そら》に**百舌**《□□》啼《な》きしきる。

◉苑《その》のあたりの**泥濘**《ぬ□る□》に落ちし燕や、／月の色半死《はんし》の生《しやう》に惱《なや》むごとただかき曇る。

◉靈《たま》の**震慄**《お□え》の音《ね》も甘く聾《ろう》しゆきつつ、／ちかき野に喉《のど》絞《し》めらるる淫《たは》れ女《め》のゆるき痙攣《けいれん》。

◉のろのろと枝《え》に下《さが》るなまけもの、あるは、貧《まづ》しく／眼《め》を据《す》ゑて毛蟲《けむし》啄《つ》む**嗟歎**《なげか□》のほろほろ鳥《てう》よ。

答

⑥ おそれ【恐怖】 ◉邪宗門【明治42年・初版】10頁

⑦ もず【百舌】 ◉同 13頁

⑧ ぬかるみ【泥濘】 ◉同 19頁

⑨ おびえ【震慄】 ◉同 20頁

⑩ なげかひ【嗟歎】(なげかい) ◉同 27頁

A

◉《常用漢字・現代仮名遣い・振仮名》で味わう原文と解説

⑥ 赤々《あかあか》と毒《どく》のほめきの**恐怖**《おそれ》して、

「オソレ」に漢語「キョウフ」に使う漢字をあてている。常用漢字表では「恐」字には「おそれる」「おそろしい」の二訓、「怖」字には「こわい」の訓が認められている。しかし「怖」字にはもともと〈おそれる〉という字義があり、「恐怖」は〈おそれる＋おそれる〉という語構成の漢語であった。

⑦ その空《そら》に**百舌**《もず》啼《な》きしきる。

鳥の「モズ」に漢字「百舌」をあてている（モズはさまざまな鳥の鳴き声を真似るといわれ、『万葉集』巻第十の二二六七番歌に「百舌鳥」とあり、現在これは「モズ」を漢字で書いたものと考えられている）。「伯労」と書くこともあり、漢字一字で「鵙」と書くこともある。

⑧ 苑《その》のあたりの**泥濘**《ぬかるみ》に落《お》ちし燕《つばめ》や、

「ヌカルミ」に漢語「デイネイ」に使う漢字をあてている。〈地面がぬれて表面がどろどろになる〉さまを表わす動詞「ヌカル」がそもそも漢字で書きにくい。

したがって、「ヌカルミ」も漢字で書きにくいことになる（『言海』は見出し項目「ぬかりみ」「ぬかる」いずれにも普通用の漢字として「泥濘」を掲げている。動詞「ぬかる」の連用形は「ぬかり」なので、まずは「ぬかり／ぬかりみ」という語形ができ、それが変化した語形が「ぬかるみ」であると思われる）。

⑨　霊《たま》の震慄《おびえ》の音《ね》も甘《あま》く聾《ろう》しゆきつつ、

「オビエ」に漢語「シンリツ」に使う漢字をあてている。『言海』は見出し項目「おびゆ」に普通用の漢字を掲げていない。「怯」字一字で「オビエ」を書くこともあった。

⑩　貧《まず》しく眼《め》を据《す》えて毛虫《けむし》啄《つ》む嗟歎《なげかい》のほろほろ鳥《ちょう》よ。

「ナゲカイ」に漢語「サタン」に使う漢字をあてている（「サタン」は「嗟嘆・嗟歎」二つの書き方がある）。「ナゲカイ」の語義は「ナゲキ」とほぼ同じであろうことは想像できる。

現在刊行されている国語辞書で最大規模のものといえる『日本国語大辞典』第二版は見出し項目「なげかい」の用例として、『海潮音』の例と、この例としか掲げていない（白秋は「ナゲカイ」という語形を上田敏の影響下に使っている可能性がたかい）。

第三十一節　『思ひ出』（明治四十四年初版刊行）の難読漢字

扉コラム②　日本古来の「伝統」と近代フランスの「エスプリ」の融合

北原白秋の第二詩集。明治四十四（一九一一）年六月五日に東雲堂書店から初版が刊行される。大正二（一九一三）年十一月十日には第八版が、大正四年十月一日には第九版が刊行されており、短期間に版を重ねていることがわかる。

表紙カバーには「思ひ出」、カバーをはずした本体には「OMOIDE」、背には「おもひで」とあって、さまざまな書き方がされている。

表紙には「思ひ出」の上に「抒情小曲集」と印刷してある。そして、表紙見返しに続いて「この小さき抒情小曲集をそのかみのあえかなりしわが母上と、愛弟 Tinka John に贈る。Tonka John」との献辞がある。

筑後地方で「ジョン」は「坊や」のことで「チンカ・ジョン」「トンカ・ジョン」は「小さい坊や」「大きい坊や」のことをいう。

詩の前に「わが老生ひたち」と題した長文が附されているが、そこには「この小さな抒情小曲集に歌はれた私の十五歳以前のLifeはいかにも幼稚な柔順《おとな》しい、然《しか》し飾氣《かざりけ》のない、時としては淫婦の手を恐る、赤い石竹の花のやうに無智であつた」、「此集の第三章に収めた『おもひで』二十篇の追憶體《ついおくたい》は寧《むし》ろ『邪宗門』以前の詩風であつた。（中略）畢竟《ひっきょう》自敍傳《じじょでん》として見て欲しい一種の感覺《かんかく》史なり性慾《せいよく》史なりに外《ほか》ならぬ」などと記されている。

上田敏は出版記念会の席で、「日本古来の歌謡の伝統と、近代的なフランス芸術の様相とをかねそなへた立派な業績であり、その感覚解放の清新さは驚嘆に値する」と激賞したといわれている。白秋のもつ才能がよく現われている作品であると評価されている。

ローマ字版が大正七年七月二十三日に阿蘭陀書房から出版されている。

★★
①
觸覺

※常用漢字で「触覚」
手で触った感覚だから

★★★
②
蟾蜍

※両生類です
「ひき□□□」

★
③
阿留加里

※音読みで四音節
「酸」性の反対は?

★
④
憐憫

※「れんびん」以外の読みで
「あ□れみ」

★★
⑤
牛乳

※「ぎゅうにゅう」にあらず
同音の繰り返しで二音節
「乳」一字を訓読みすると?

◉思ひ出は首すぢの赤い螢の／午後《ひるすぎ》のおぼつかない**觸覺**《て□□》のやうに、[…]

◉音色《ねいろ》ならば笛の類《るゐ》、／**蟾蜍**《ひき□□□》の啼《(な)》く／醫師《(いし)》の藥《(くすり)》のなつかしい晩、[…]

◉なにか知らねど、蘂《しべ》赤きかの草花のかばいろは／**阿留加里**《□□□□》をもて色《いろ》變《か》へし愁《うれひ》の華《はな》か、なぐさめか、[…]

◉何時も哀《かな》しくつつましく摘みて凝《み》視《つ》むるそのひとの／深き目つきに消ゆる日か、過ぎしその日か、**憐憫**《あ□れみ》か、

◉せめて入日《(いりひ)》につまされて鳴いておくれよ、籠《(かご)》の鳥。／**牛乳**《□□》が好《す》きなら**牛乳**《□□》飲まそ。

答

①　てざはり【觸覺】（てざわり）　◉思ひ出【明治44年・初版】2頁

②　ひきがへる【蟾蜍】（ひきがえる）　◉同　3頁

③　アルカリ【阿留加里】　◉同　8頁

④　あはれみ【憐憫】（あわれみ）　◉同　9頁

⑤　ちち【牛乳】　◉同　19頁

A

◉《常用漢字・現代仮名遣い・振仮名》で味わう原文と解説

① 午後《ひるすぎ》のおぼつかない**触覚**《てざわり》のように、

「テザワリ」に漢語「ショッカク」に使う漢字をあてている。「テザワリ」も漢語「ショッカク」も現代使うことからすれば、両者を結びつけることはできそう。となればこれは難読ではない。

② 音色《ねいろ》ならば笛《ふえ》の類《るい》、**蟾蜍**《ひきがえる》の啼《な》く

「ヒキガエル」に漢語「センヨ」に使う漢字をあてている。「漢語「センヨ」って？」と思った方、中国にだって「ヒキガエル」はいますがな。中国では月の中にヒキガエルが住んでいるといいつたえられていて、そこから転じて月のことを「センヨ（蟾蜍）」ということもあります。

③ **阿留加里**《アルカリ》をもて色変《いろか》えし愁《うれい》の華《はな》か、なぐさめか、

「アルカリ（alkali）」に「阿留加里」と漢字をあてている。「亞爾加利」という漢字

があてられたこともあった。

④ 深《ふか》き目《め》つきに消《き》ゆる日《ひ》か、過《す》ぎしその日《ひ》か、**憐憫**《あわれみ》か、

「アワレミ」に漢語「レンビン」に使う漢字をあてている。『言海』は「あはれみ」の普通用の漢字として「憐」一字を掲げている。常用漢字表では「哀」字に「あわれ」「あわれむ」の訓を認めているので、「憐」字一字あるいは「哀」字一字で「アワレム」を書くこともできるが、ここでは漢字二字を使っている。「矜恤」があてられることもあった。

⑤ **牛乳**《ちち》が好《す》きなら**牛乳**《ちち》飲《の》まそ。

「チチ」に漢語「ギュウニュウ」に使う漢字をあてている。「チチ」は「チ」を重ねた語形で、もともとは「チ」だった。いや、これは漢字の読みには関係ないですけどね。

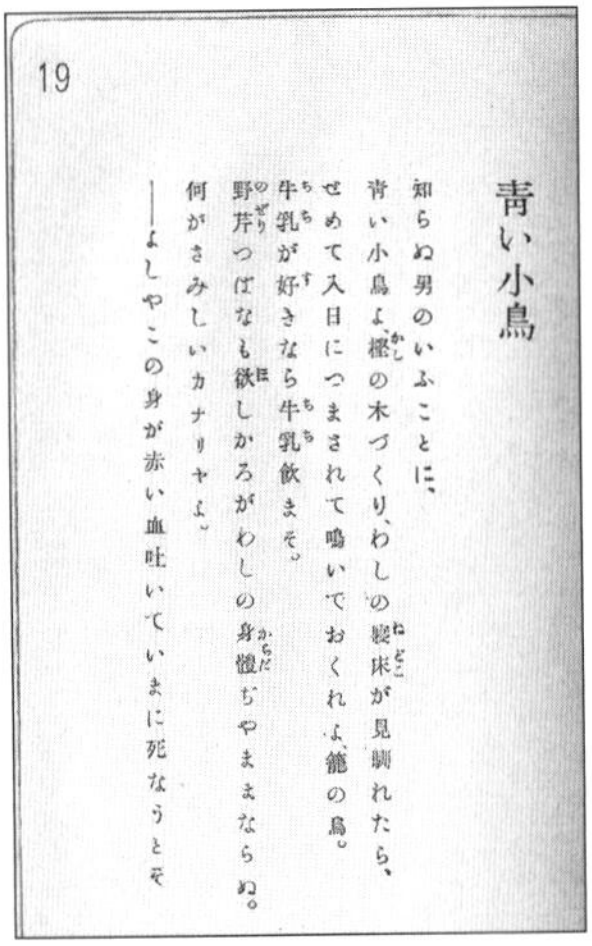
19

青い小鳥

知らぬ男のいふことに、
青い小鳥よ、樫《かし》の木づくり、わしの寝床《ねどこ》が見馴れたら、
せめて入日につまされて鳴いでおくれよ、籠の鳥。
牛《ち》乳《ち》が好《す》きなら牛乳《ちち》飲まそ。
野芹《のぜり》つばなも欲《ほ》しかろがわしの身體《からだ》ぢやままならぬ。
何がさみしいカナリヤよ。
——よしやこの身が赤い血吐いていまに死なうとそ

★★ ⑥ 解剖

※「かいぼう」では字余り
三音節「ふ□け」

★ ⑦ 夕映

※訓読みで「ゆふ□□」
夕方の回の映画ではない

★★ ⑧ 空虚

※「空」だけでも
「虚」だけでも
「うつ□」と読めます

★★ ⑨ 慰藉

※音読み「イシャ」でなく
四音節「な□□め」

★ ⑩ 馬尼拉

※東南アジアの国の首都
音読みで、「マ□□」

◉よしやこの身が**解剖**《ふ□け》をされて
墓へかへろとそなたは他人。

◉知らぬ他國の潟《がた》海《うみ》に鴨の鳴く
こゑほのじろく、／魚市場《さかないちば》の
夕映《ゆふ□□》が血なまぐさそに照るば
かり、［…］

◉その頭《あたま》は**空虚**《うつ□》の頭、／白いお
面《めん》がころころと、［…］

◉いひしらぬ**慰藉**《な□□め》のしらべを、
今日《けふ》の日のわがごとも、［…］

◉そがなかに薫《くゆ》りにし
馬尼拉《マ□□》煙草《たばこ》よ。

答

⑥ ふわけ【解剖】 ◉思ひ出【明治44年・初版】 20頁

⑦ ゆふばえ【夕映】（ゆうばえ） ◉同 26頁

⑧ うつろ【空虚】 ◉同 28頁

⑨ なぐさめ【慰藉】 ◉同 52頁

⑩ マニラ【馬尼拉】 ◉同 61頁

A

◉《常用漢字・現代仮名遣い・振仮名》で味わう原文と解説

⑥ よしやこの身《み》が**解剖**《ふわけ》をされて墓《はか》へかえろとそなたは他人《たにん》。

「フワケ」に漢語「カイボウ」に使う漢字をあてている。

ここは「七、七、七、七」（よしやこのみが、ふわけをされて、はかへかへろと、そなたはたにん）と構成されているので、そのことに気がつけば「解剖をされて」が「カイボウヲサレテ」ではないことはわかる。やはり定型詩などでは、いくらか書き方が自由になりそう。

⑦ 魚市場《さかないちば》の**夕映**《ゆうばえ》が血《ち》なまぐさそに照《て》るばかり、

荷風は「ユウバエ」に漢字「夕炎」をあてていたが（第二十九節参照）、白秋は「ユウバエ」に漢字「夕映」をあてている。

こういう時に現代人は、それぞれに何か主張があるのではないかと考えがち。理由がある場合もないではないであろうが、だいたいにおいてはそれほど積極的な理由はないと思ってよい。明治期は書き方の選択肢が多かった。

その頭《あたま》は空虚《うつろ》の頭、
白いお面《めん》がころころと、ころころころと……

⑧

その頭《あたま》は空虚《うつろ》の頭《あたま》、白《しろ》いお面《めん》がころころと、

「ウツロ」に漢語「クウキョ」に使う漢字をあてている。「空」字字義には〈むなしい〉があり、「虚」字字義にも〈むなしい〉がある。だから「空虚」は〈むなしい＋むなしい〉。

⑨

いいしらぬ慰藉《なぐさめ》のしらべを、今日《きょう》の日《ひ》のわがごとも、

「ナグサメ」に漢語「イシャ」に使う漢字をあてている。「藉」字字義は〈しく・かりる・なぐさめる〉で、〈なぐさめる〉という意味があるのですね。ということは「慰藉」も〈なぐさめる＋なぐさめる〉。常用漢字表では、この字になんと訓を認めていない。訓がわかっていると漢語の語義も想像できることがあります。

⑩

そがなかに薫《くゆ》りにし馬尼拉《マニラ》煙草《たばこ》よ。

地名「マニラ（Manila）」に漢字「馬尼拉」をあてている。現代中国語も簡体字を使うが書き方は同じ（马尼拉）。「馬尼刺」と書かれることもある。

《あとがき》　この本を書いた経緯と、四十年来の〃ある経験則〃について

二〇一三年六月十日、稿者の勤務する清泉女子大学の研究室にすばる舎の稲葉健さんから電話がかかってきた。お求めの内容を簡単にうかがって、企画書を添付ファイルで送っていただいた。同時に、インターネットを使って、すばる舎がてがけた書物を拝見した。きれいなデザインの本を作っている出版社だと思った。電話でお願いした出版物二点は翌日に大学に届いていた。仕事が早い。

稿者は「きれいなデザインの本」は大事だと思っている。稿者がまだ大学生の時に『夜想』という雑誌の編集の手伝いまがいのことをしたことと関係があるのかどうかはわからないが、とにかくきれいなデザインは内容の「きれいさ」と関係があると思っている。「きれい」は、美しいということももちろん含むが、それよりも「すっきりとしている」ということを意味する。

稿者が中学生の頃に、ブリティッシュ・トラッドと呼ばれることのあるジャンルの音楽を聴き始めた。今から四十年ちかく前のことで、当時はそういうジャンルのレコード（！）は輸入盤を買うしかなかった。しかし、どんなアーティストがいて、どんなレコードがあるのかという情報もまったく欠乏していた。数少ない音楽雑誌の端から端までを読み、そこから得たほんの断片的な情報をもとにあれこれと夢想していた。思い切って、ほんとうに思い切って、友達と連れだって新宿にでかけて、輸入盤を扱っているレコード屋に行ったこともあった。

そうした中で得た経験則は「ジャケットのいいレコードは中身もいい」ということだった。当時は試聴もなかった。その経験則に従って、AMAZING BLONDELというアーティストの『England』というレコードを買ったことがある。つい最近、何かの折にそのことを思いだし、インターネットで調べてみると、そのアルバムがCDになっているではないか。さっそく買って、四十年ぶりに聴いてみた。昔聴いた曲はやはりすばらしかった。だから「きれいなデザインの本」をつくる出版社はいい出版社だと思う。

稿者は自分で、仕事は早い方だろうと思っている。稲葉さんも仕事が早い。「一葉が「頓馬」を使う意外性」などという「馬喧《ばけん》（イナバケンだからバケンなのですね）川柳」をつくりながら、ひょいひょいと組版をこなす。仕事が早くて気持ちがいい。

今これを書いているのは六月二十六日、稿者のやることは一段落した。クイズ形式の本だが、稿者がここしばらく明治期の文献を読み、分析してきて考えたこと、感じたことを少しふみこんだかたちで解説にこめてみました。この本が明治の雰囲気を伝え、何かを考えるきっかけになってくれればさいわいです。

今野真二

【著者紹介】

今野 真二（こんの しんじ）

昭和三十三（一九五八）年、神奈川県鎌倉市生まれ。昭和五十七（一九八二）年、早稲田大学第一文学部日本語日本文学科卒。昭和六十一（一九八六）年、同大学院博士課程後期退学。松蔭女子短期大学講師、助教授、高知大学助教授を経て、平成十一（一九九九）年、清泉女子大学文学部助教授。現在、同大教授。日本語学専攻。平成十四（二〇〇二）年、『仮名表記論攷』（清文堂出版刊）で第三十回「金田一京助博士記念賞」受賞。『文献から読み解く日本語の歴史――鳥瞰虫瞰』（笠間書院刊）、『消された漱石――明治の日本語の探し方』（同前）、『振仮名の歴史』（集英社新書）、『文献日本語学』（港の人刊）、『百年前の日本語――書きことばが揺れた時代』（岩波新書）など著書多数。近著に『漢字からみた日本語の歴史』（ちくまプリマー新書）がある。

常識《じょうしき》では読《よ》めない漢字《かんじ》

二〇一三年八月二十三日　第一刷発行
二〇一六年八月四日　第四刷発行

著　者――今野真二
発行者――徳留慶太郎
発行所――株式会社すばる舎
東京都豊島区東池袋三丁目九番七号
東池袋織本ビル（〒一七〇-〇〇一三）
電話　〇三-三九八一-八六五一（代表）
〇三-三九八一-〇七六七（営業部）
振替　〇〇一四〇-七-一一六五六三
http://www.subarusya.jp/

装　幀――原田恵都子（ハラダ＋ハラダ）
装　画――原田リカズ（ハラダ＋ハラダ）
印　刷――図書印刷株式会社

ISBN978-4-7991-0277-0